Chara

足枷

火崎 勇

キャラ文庫

この作品はフィクションです。
実在の人物・団体・事件などにはいっさい関係ありません。

目次

口絵・本文イラスト／C・i e l

足枷

大学の三年から四年に上がる春休み。

いつもの年よりも寒さの厳しい一月末の週末、俺達は行きつけの居酒屋で飲んでいた。

メンバーはいつもの三人、岡本《おかもと》と、田中《たなか》と、俺、飛沢《とびさわ》だ。

俺達三人は、親が裕福であるという共通点があった。

と言っても、決して優越感で集まっているわけではない。逆差別というか、他の連中と財布の中身が違うので、自分達がやりたいようにしていると『お前は金持ちだから』という言葉で線引きされることが多い者としての連帯感だった。

大学生といえども、まだ衣食住は親がかり。

制服という一律の衣装を脱ぐと、家庭の経済状況が露《あらわ》になる。

身につけるものは親がかりだとしても、一般学生には手の届かないものが多い。

するとそれに目を付けられて色々と言われるのだ。

その時計いくらするんだ？　車も買ってもらえるんだろう？　靴もいいの履いてるじゃん。

特に高いものではなくても、きっと高価なんだろうという目で見られる。

それが面倒臭くて、いつの間にか生活水準の近い人間が寄り集まった、というグループだ。

もっとも、誤解されては困るのだが、イジメを受けてるわけでも、他に友達がいないわけでもない。

ただ、『そういう話』をする時は『そういう友人と』というだけだ。

今日の話題は、最後の春休みをどう過ごすか、ということについてだった。

「俺、イギリス行くんだよな」

岡本はビール片手に言った。

「姉貴が結婚して向こうにいるの知ってるだろ？　先月子供が生まれてさ、親父《おやじ》達が見てきてくれって言うから」

「どれぐらい行くんだ？」

問いかけたのは田中だった。

「うーん…、一週間ぐらいかな。五ツ星ホテル取ってくれるって言うし。ついでに大英《だいえい》博物館とか覗《のぞ》こうかと思って。田中は？」

「俺？　俺はタイ。コンドミニアム借りて家族旅行。本当は行きたくないんだけど、島一つ貸し切りって珍しいし、親が頼むって言うから。飛沢は？」

「俺はまだ未定。でも家族マイル貯《た》まってるからどっか行こうかと思ってる」

大学生がこんな会話をするのはいささか鼻につくというのは三人ともわかっていた。

親の臑《すね》かじってるガキが、何言ってるんだと思われるだろう。

だがよく聞いて欲しい。

岡本は姉の家に遊びに行くだけだし、田中は家族旅行に付き合わされるだけ。俺に至っては親の貯めたカードのポイントが使用期限を迎える前に、もったいないから使ってしまおうという程度のことだ。

規模さえ違えばどこの家でもあること。

けれど、俺達はこういう話題を他の連中に聞かせない方がいいと判断している。

今までの経験上、『ご自慢かよ』と言われるのがオチだから。

今飲んでいるこの店だって、居酒屋とはいえ岡本の父親の行きつけで、季節の創作料理なんかが出る洒落《しゃれ》た個室造りの高級店だ。

「俺としてはさ、本当はバイトしたかったんだよな。短期で」

「岡本、金に困ってんの？」

「いや、出会いを求めて。大学以外の女の子と付き合ってみたいんだ」

田中の問いに、岡本はなぜか自慢げに言った。

「ナンパだなぁ」

批判されて、岡本がむくれる。

「何だよ、じゃ、田中は何かしたいことあったのかよ」

「俺は真面目に先輩と飲み会」

「何で飲み会が真面目なんだよ」

「就職を睨《にら》んでさ、行きたい会社にいる先輩に繋《つな》ぎをとって、飲みながら情報収集したかったんだ」

「親父の会社入るんじゃないのか？」

「食品加工会社だぜ？　ダサイよ。俺、ＩＴに進みたいんだ。これからはネットが儲《もう》けのメインだろ」

「社長の息子なのに、跡継がないのか？」

「そりゃいつかはね。でも親父もまだまだ元気だし、今会社入っても社長の息子ってことでチヤホヤされるだけだから。飛沢だってそうだろ？」

二人の会話を聞きながら料理を突ついていた俺に、突然会話の矛先が向けられる。

「俺？」

「飛沢んとこだって、お父さん社長だろ。就職は、お父さんのところにするのか？」

「うーん…。どうかな。うちの親父、厳しい人だから。息子に跡を継がせたいってより、自分が頑張るタイプだから」

「今時はオッサンの方が元気あるからなあ。うちの親父もまだ現役バリバリだし」

「田中と飛沢はいいよな。自分のとこが会社やってるから、いざとなったらどうとでもなるし。うちはいくら大手企業の重役って言っても、所詮《しょせん》はサラリーマンだから」

「よく言うよ、一部上場の最大手保険会社じゃん」

「それでもただのサラリーマンさ。ま、自分のとこの会社だからこそ、キツイこともあるだろうけどな」

　気遣うような岡本のセリフに、俺は頷《うなず》いた。

「かもね。うちは工業用機器の会社だから、世間の景気に左右されやすいし」

「そうなのか？」

「インフラ投資が減ると機械を新しくしようなんて考えないから」

「でも飛沢インダストリアルって言えばその世界じゃ有名なんだろ？」

「有名でも、景気には勝てないよ。飛行機のマイルが貯まってるのだって、見方を変えればそれだけ忙しく働いてるってことだから。田中のとこの食料関係の方が、安定してるんじゃないのか？　人間食べないでは生きていけないわけだし」

「その分、競争相手が多いけどな。ま、湿っぽい話は止《や》めにして、今日は飲もう。新学期始まるまで会えないんだから」

「そうだな」

「イギリスの土産《みやげ》が欲しかったら、あさってまでにメールしな」

「じゃ俺はタイの土産ね」

「俺は行き先が決まったらメールするよ。案外、ふらりとインドを一人旅なんてあるかもしれないぞ」

「自分捜しの旅？　飛沢らしくねぇなぁ」

「恋人捜しの旅じゃないのか？　お前、全然彼女とか作らないし」

「う…ん。まあ、彼女はいいんだ」

俺の言葉に、二人は即座に反応した。

「何だ、好きな人がいるのか？」

「そういうわけじゃないけど、まあ今はいいんだ。そのうち考えるよ」

「意味深だなぁ」

気心の知れた友人だから、楽しかった。

くだらない話に終始した和やかな時間。

田中の言う通り、新学期が始まるまで顔を合わせる機会がないだろうということもあって、酒はいつになく進んだ。

話題に上った就職に関する不安を打ち消したかったのかもしれない。

ついついいつもより酒が進み、店を出た頃には随分遅くて、タクシーに乗ると、眠気に襲われてしまった。

「恋愛か…」

悪くない酒に目を閉じて車の揺れに身を任せる。

高校の時は、それっぽいガールフレンドはいた。

だが大学に入ってからは決まった彼女は作らなかった。

特に理由はない。女の子と付き合っても、何かが違うと思って途中でその気がなくなってしまうのだ。

その時、一人の人間のことが頭を過《よぎ》ることもあったけれど、それはもう過ぎた話。これからの発展性も希望もない相手だから、その人と恋をすることは考えられない。

…色んな意味で。

それでも、恋愛はしておくべきなのかな。

いや、これから就職活動となれば、忙しくなって恋愛どころじゃないか。

「お客さん、着きましたよ」

運転手に声をかけられ、微睡《まどろ》みから覚醒《かくせい》する。

お金を払って車を降りると、夜の空気はまだまだひんやりとして、優しい眠気を剝《は》ぎ取るほどだった。

思わず呟《つぶや》き、肩を竦《すく》める。

「寒い…」

見上げると、目の前には自宅の門があった。

広大な敷地を囲む白い壁と、中を見通せない灰色の門。その向こうに黒い樹木の影と重なった二階の屋根が見える。

近所でも目立つ豪邸だが、自分にとっては空っぽの家だ。

どうせ、父さんは今夜も戻っていないのだろう。

母さんが亡くなってから、父に愛人がいることは気づいていた。その彼女を住まわせているマンションが都心にあることも。

父さんが、そっちに泊まり続けてることも…。

けれど、それを咎《とが》めるほど俺は子供ではなかった。

ただ家が空っぽなことだけが、少し寂しいだけだ。

「いっそ結婚しちゃえばいいんだ。独身なんだから」

そうしたら、家に明かりが灯《とも》るようになるかもしれない。

「…飛沢一水《かずみ》くん？」

門の暗証キーを打ち込んでいると、背後から声をかけられた。

「はい？」

思わず返事をしてから、しまったと後悔する。

こんな時間に門の前で俺の名前を呼ぶ人間なんて、おかしいではないか。

だが、そう思った瞬間、大きな手が俺の顔を覆った。

「…ン！」

ハンカチ？

何？

「う…う…っ！」

戦慄《せんりつ》が背筋を走る。

最初に名前を呼ばれた時、どこかで聞いたような声だと思ったから油断した。

口を押さえ込まれたまま暴れるが、相手は俺よりも身体も大きく、力も強かった。

「ん…」

口を覆われたまま呼吸すると、ガンと頭を打つような強いガソリンのような臭いが鼻を突き抜ける。

しまった、口に当てられた布には、何か薬剤が含まされているんだ。わかっていても争いながら息を止めるわけにもいかず、最初の一呼吸で身体に入れた臭いは取れない。

揉《も》み合っているうちに、その臭いの強さに頭がくらくらしてきたかと思うと、やがて視界が真っ暗になった。

「…う」

そしてそのまま、手足の重みと共に、重力に引っ張られるように俺は相手の腕の中に身を任せた。

何も、わからないままに…。


飛沢インダストリアルという名前は、創業者のお祖父《じい》さんの付けた名前だった。最初は、特殊車両を造る会社だったから。

だが、俺の生まれた頃には、その名前に負けてしまうような小さな会社だったらしい。

跡を継いだ父親は、資本がかかる車両製造から、部品製造に切り替え、そこからまた各種機器を手掛けるようになり、やがてそちらが本業となった。

父が優秀な経営者だったということもあるだろうが、何よりよかったのは、部品製造でいくつかのパテントを取ったからだ。

いくつもの特許を取得し、その小さな会社を業界大手と呼ばれるまでにした。

だが、俺は父のことが怖かった。

父は、政略結婚だった母のことは大切にしてくれていたが、二人の関係は愛情溢《あふ》れるというものではなかった。

夫として、父としての義務は果たす。

だからお前達も妻として息子としての義務を果たせ。

直接言葉にして言われたわけではないが、その意思はひしひしと伝わっていた。

周囲から見ればよき家庭人にしか見えなかっただろうが、実際は家の中でも彼は『ボス』だった。

母が亡くなると、それは更にあからさまになった。

愛人を作り、家に戻ってくることもなく、仕事一筋になった。

もっとも、もう俺も大きくなっていたので、親がいないからどうこうということはなかったが…。

ただ、自分は父の築き上げたものを潰《つぶ》さないための要員でしかないのだな、と漠然と感じていた。

愛すべき息子ではない。

有益な人材だ。

ここまで育ててもらった恩もあるし、父としての思慕もないわけではないので、きっとこのまま俺は父の敷いたレールを進むのだろう。

不満はなかった。

ときめきもない代わりに、苦しみもなく、重責と安定と退屈にまみれた日々。その中で自分で楽しみを見つけ、会社を背負い、生きてゆくのだろう。

だがそれはまだ先の話だ。

自分が無事大学を卒業し、父の会社か、他の会社で経験を積んで、いつか父が休息を求めた時の。

それまではまだ、安穏とした生活だろう。

適度に学び、適度に遊び、友人と飲んで二日酔いになるとかも楽しめる。

さっきから感じている頭の痛みは、その証《あかし》だ。

昨夜は岡本達と随分飲んだから、二日酔いで頭が痛む。そう思っていたから。

ああ、そうだ。

イギリスの土産を頼むなら、岡本にメールしなきゃいけないんだった。

以前ロンドンへ行った時、ロンドン塔の近くで買った、観光地の水彩画が全面に描かれていた缶に入った紅茶、あれを頼みたかったんだ。

缶が綺麗《きれい》で、いくつかシリーズになっていたのに一つしか買わなかったことを後悔していた。中の紅茶は普通だったけど、あの缶が欲しいのだ。

ブランドの名前も見てなかった。缶はデスクの上で今も押しピン入れとして使っているから、あれを写真に撮って添付しよう。

そうすれば岡本もわかってくれるだろう。

それにしても頭痛が酷《ひど》い。

起きて、何か胃に入れて、鎮痛剤でも飲もう。

そう思って目を開けた途端、見知らぬ景色が目に入った。

俺の部屋ならば、ベッドで目を開けると、右手には壁、左手にはクローゼットの扉があるはずだ。

けれど、今右を向いた開いた目の先には、クローゼットはなかった。すぐ近くに、隣の部屋へ続くのであろうドアが見えるだけだ。

「…え?」

慌てて反対を向くと、左手側には遠くカーテンの降りた窓があった。

だが部屋の状況よりも俺を驚かせたのは、寝返りをうった途端耳元に響いた音だった。

チャリ……――。

金属の触れ合うような音。

「何？」

音の源を求めて首に手をやると、指先に硬いものが当たった。そのまま辿《たど》ると、その硬いものは首をぐるっと一周していた。

…首輪？

しかも音の原因は、その首輪から伸びた細い鎖のせいだった。

「何だよ、これ…」

布団を跳ね上げて起き上がるとこめかみにズキリと痛みが走った。

十畳近い、広いフローリングの部屋。

遮光カーテンのかかった窓。

今自分が横になっている大きなベッド、大きなテレビとその隣に置かれたオーディオ機器。

その正面に据えられたテーブルとソファ。

それがこの空間の全《すべ》てだった。

俺の部屋じゃない。

ましてや、見知った部屋でもない。

何《いず》れも安い品物ではないが、生活感はない。譬《たと》えるなら、全て揃《そろ》えられたモデルルームのようだ。

小物が…、ないからだ。

人の住む空間には、何かしらの小物が置かれるもの。テーブルには灰皿とか、オーディオ機器の側《そば》にはCDやDVD、写真立てや花やテーブルクロスや。

そういう生活を潤すためのものが何一つないのだ。

「どういう…」

そこでやっと俺は思い出した。

昨夜自分の身の上に起こった出来事を。

昨夜、俺は岡本達と飲んでいた。それは事実だ。彼等と別れてタクシーに乗り、家に着いたことも。

だが門のロックを開けている最中に、背後から声をかけられ、羽交《はが》い締めにされ、薬品を嗅《か》がされて意識を失ったのだ。

誘拐された…。

親の立場を考えれば、想像できないことではない。

ということは、ここは誘拐犯の部屋？

だがそう言うにはしっくりとこないほど、豪華だ。

首に繋がれた鎖がなければ、間違えてマンションのモデルルームに泊まり込んでしまったかと誤解しただろう。

だがそうではないのだ。

首に繋がれた鎖の先は、ベッドヘッドに繋がれて、大きな南京錠《なんきん》で固定されている。

身体を探ると、服は昨夜着ていたままだったが、羽織っていたジャケットはなく、当然そのポケットに突っ込んでいたキーケースと財布もない。

デニムのポケットに入れていた携帯電話も取り上げられている。

「…何なんだよ……」

それだけではない。

ベッドから下りようと布団の中から床へと下ろした足首にも、足枷が嵌《は》められている。しかも間がチェーンで繋がったものだ。

「誰か…」

俺は混乱した頭で叫んだ。

「誰かいないのか…！」

けれどその声が誘拐犯を呼び寄せるのではないかと、すぐに口を閉ざす。

そうだ。ここが犯人の家だとすれば、そいつがいるのだ。

以前、テレビか何かで犯人の顔を覚えられる年齢に達した被害者は殺されると言われていたことも思い出した。

誘拐の目的が何であるかわからなくても、相手が俺を殺さぬよう姿を見せないでいてくれるのなら、その方がいい。

そうだ、まず落ち着くべきだ。

おとなしくしていれば、逃げるチャンスがあるかもしれないではないか。

だが考えに至るのが遅かった。

カチャリと音がして、すぐ右手にあるドアのノブが動く。

今の自分の声が犯人を呼び寄せてしまった。

身体を固くし、見てはいけないと思いつつもドアから目を逸《そ》らせないでいると、扉は大きく開き、一人の男が姿を現した。

スーツを着た背の高い男。

真っ黒な髪を少し前に垂らしてサイドは後ろに流した、いかにもエリートサラリーマンといった風体の男。

「…三上《みかみ》さん」

強い眼差しも、眉尻《まゆじり》が少し上がったところも、薄く大きな唇も、全て懐かしい。

俺は、彼を知っていた。

「三上さん！」

そして彼がここに現れたことで、安堵《あんど》した。

ベッドを下り、両手を差し伸べて彼にしがみつく。

「よかった、三上さん。助けに来てくれたんですね」

思わず涙ぐみ、強く抱き着く。

けれど、抱き返してくれる手も、『無事でよかった』という言葉もなかった。

「…三上さん？」

微《かす》かな不安を感じ、顔を上げる。

「久しぶりだな、一水くん」

微笑《ほほえ》んでいる。

感じた不安は気のせいか。

「二年ぶりかな？」

「え…、ええ」

　でも、どうして彼はこんなに落ち着いているのだろう。

「それより、逃げましょう。ここの住人が戻って来たら…。それに、この首輪を外さないと」

　俺は、自分の心の内に生まれた、新たな不安を打ち消すように回した手で彼のスーツを握り締めた。

「どうして私が『助けに来た』と思うんです？」

「三上…さん…？」

　彼の手が、俺の手首を握ったかと思うと、力ずくで引き剝がした。

「私が犯人なんですよ。あなたをここに連れて来た」

「…まさか…そんな…」

「家の前で、ずっと待ってたんです。あなたが戻って来るのを。タクシーを使って戻って来たところを、声をかけて襲ったんです」

　確かに、彼の体格ならば背後から襲ってきた男と同じと言える。

けれど、彼が自分を襲う理由など考えられない。だって、彼は父親の会社の社員だったのだ。

しかも父に目を掛けられていた。

「大きな声を出して、他に誰か来るか試してみますか？　ここには私とあなたしかいないとすぐにわかりますよ？　いいや、どんなに大きな声を出そうと、隣にも聞こえない。ここは完全防音の部屋だから」

摑《つか》んでいた手首に力を込め、彼がそのまま俺をベッドへ投げ飛ばす。

ベッドの上だから痛みはなかったが、その扱いに混乱は増した。

「…どうして。なぜ三上さんが俺を誘拐しなくちゃならないんです！」

「理由はある。だがまだ教えない」

「三上さん」

「教えない方が、恐怖が増すだろう？」

彼の目が、怪しく光る。

これは…、誰だ？

俺が知っている三上さんは、いつも優しく笑ってくれる人だった。こんな表情など見たこともない。

「最悪だと思え」

こんな冷たい声などしていなかった。

「死にたいと思え」

こんな言葉を向けたりしなかった。

「…三上さん」

困惑している間に、彼はベッドに倒れた俺の上に乗り上がった。彼の身体の重みが、これが現実だと伝えるけれど、理解ができない。

スーツの上着を脱ぎ捨て、ネクタイを外し、ワイシャツ姿になった彼が不気味に俺を見下ろす。

目が合い、次の瞬間、手が俺のシャツを捲《まく》り上げた。

「何を…！」

抵抗しようとする暇もなく、顔が剝き出しの胸に埋まる。

「痛っ！」

キリッ、と走る痛み。

乳首を嚙《か》まれた…？

あの三上さんが俺の胸に嚙みついた？

それだけじゃない、彼の手は俺の股間《こかん》に伸びると、ファスナーを下ろしてズボンも下着も一緒に引き下ろした。

「待って…！　何…？」

どういう意図があって？

何が目的で？

わからないまま身体を好きなように扱われる。

…わからない。

何が起こったというのだ？

俺は何をされようとしてるんだ？

「抵抗しないのか。理解できないか？」

手が、俺の性器を握る。

「痛っ…」

力が強すぎて、痛みを感じる。

「ふん…、女と寝たことはあるようだな。恋人でもいるのか？」

「…い…ない…」

「だがセックスは初めてじゃないんだろう？」

「それは…、そうじゃないけど…」

理解ができないままだから、問われるままに答えてしまう。

心のどこかで、彼の行動には意味があるのだと思っていたから。彼が正しいことを行っているような気がしていたから。

自分にわからないだけで、こうされるのは、何か意味があるのかも。それは俺のためなのかもと…。

「じゃあ喘《あえ》げ。私を満足させろ。お前が生き延びる術《すべ》はそれしかないと思い知れ」

「何…？」

摑まれたモノに、彼の顔が埋まる。

「やめ…っ！　三上さん、何を…！」

性器を舐《な》められ、ゾクッと鳥肌が立つ。

慌てて彼を引き剝がそうとその肩に手をかけるが、剝がすために力を入れた途端、ソコを嚙まれる。

「痛っ！」

千切れるほど強いわけではないが、過敏な場所には僅《わず》かな圧力だけでも十分な痛みだった。

「逆らうな」

咥《くわ》えたまま、彼が命令する。

「私を満足させろと言っただろう」

そうだ、命令だ。

「脚を開いて、よがれ」

「な…、何…？」

「お前は私の性欲処理の道具になるんだ。抵抗は許さない」

「三上さん、おかしいよ…。何言って…」

「自分の立場がまだわからないのか？」

身体を起こした彼の顔が、再び俺の視界の中に戻る。

「三上さん」

だが俺を蔑《さげす》むような表情は変わらなかった。

「お前は私の玩具《おもちゃ》だ、一水」

「なんで？　どうして突然そんなこと言うの。三上さんはそんな人じゃないでしょう…？」

彼は答えてくれなかった。

冷笑し晒《さら》された俺のモノを握り、嬲《なぶ》り始めただけだった。

「止めろって…っ！」

感じてしまいそうで、その手を振り払おうとワイシャツの腕を掴む。

「抵抗するなと言っただろう」

だがそれを阻むように急所が握られる。

痛みに力を緩めると、そのまま扱《しご》かれる。

「う…」

夢であって欲しい。

こんなこと、起こるはずがないことだ。

けれど感覚はこれを夢で済ますことを許してくれない。

握られ、扱かれ、先を指で擦《こす》られ、勃起《ぼっき》してしまう。それを止めようとすれば痛みが与えられる。甘んじて受ければ嫌悪に似た疼《うず》きに捉《とら》われる。

この人は…、俺を抱きたいんだろうか?

俺とセックスしたいというんだろうか?

確かに、していることはそれだったが、どうしてもそうは思えない。

俺が抵抗を弱めると、彼はにやりと笑って重なってきた。

「そうだ、おとなしくしていろ」

捲られたシャツが首元に溜《た》まる。

彼の舌が俺の胸を濡《ぬ》らす。

「…くッ」

ゾクッとした感覚が走り声が上がる。

手は容赦なく俺を追い詰め、反応させられる。

もっと暴力的だったら、感じることなどなかっただろう。だが、冷たい言葉を口にしながらも、手は愛撫《あいぶ》のそれだったから、男として当然の反応をしてしまうのだ。

彼の手でイかされる。

それは恥辱だった。

でも抗《あらが》えば股間に容赦のない痛みが与えられる。

これは脅しだ。彼ならば、本当に酷いことはしないのではないかと思い切ってもう一度俺のモノを握る手に手をかけてみた。

けれど、その期待は見事に裏切られた。

「痛っ！」

それまでとは違う強い痛み。

脅しではなく、本当に握り潰されるかと思った。

「おとなしくしてろと言っただろう。そうすれば怪我《けが》はさせない」

わからない…。

どうしてこんなことになったのか。

わかっているのは、彼が俺を好きでこうしているわけではないということだけだ。

「脚を繋いだのは失敗だったな。下が脱げない」

「いや…だ…」

三上さんの手が腰にかかり、俺をうつ伏せにする。

下は剝ぎ取られているしシャツも捲られているから、尻《しり》が彼の前に晒される格好になる。

恥ずかしかった。

だがそれよりも、こんな格好をさせる彼に対する恐怖が湧《わ》いてきた。

冗談や遊びじゃない。彼は本気で俺を抱こうとしているのだ。

「いやだ…！」

逃げようとすると、首に繫がれた鎖を引っ張られ、背中から押さえ付けられる。

「そうだ、もっと喚《わめ》け」

怖い。

背中にぴったりと寄り添う彼の重み。

身体の下に差し込まれた手が、また股間に愛撫を始める。

「やめて…！」

抵抗を身体で示せば制裁が加えられるから、言葉だけを口にする。相手の耳に届いていなくても、俺がこの行為を拒んでいるという意思表示だけしたくて。

「あ…」

硬くなった前が、ベッドに擦れるほどになると、手はそこから離れた。

だがそれは許されたからではなく、別の行為のために手が必要だったからだ。

「や…っ！」

指が、尻を割って双丘の狭間《はざま》に滑り込む。

「三上さん…っ！」

襞《ひだ》に指が触れる。

「硬いな」

何をされるか予測がつくから、力を入れて指を拒む。

「やはり準備がないとダメか」

呟くような声と共に、強引に指が中に入り込む。

「痛い！」

もちろん入るわけがなく、短い爪が軟《やわ》らかい肉を掻《か》く。

何故《なぜ》こんなことをするの？　理由があると言ったけれど、それは何？

「ひ…っ！」

ひたり、と感じる肉の感触。

指ではない何かが、尻に当たる。

入るわけがない場所に、その『肉』が擦り付けられる。

背後を振り向く勇気はなかった。

勃起させられた自分のモノが、その感触が何なのかを教えてくれるから。

三上さんの性器。

彼のモノが、自分に擦り付けられている。

「う…」

俺は、耐えるように顔をベッドに埋め、唇を噛んだ。

現実ではなく、閉じた瞼《まぶた》の内側に浮かぶ妄想で、勃起してしまいそうで。

三上さんの指が、俺の中を探る。

硬い筋肉がその指を阻んでも、強引に中に差し込まれる。

指が少し動くようになると引き抜かれ、尻に擦り付けられていたモノがそこに当たる。

だがそんなものが入るわけがなく、何度か突かれたが結局中に入ってくることはなかった。

腰を抱えられ、突き出すような格好をされても、僅かに先が穴を広げるに過ぎない。

「…チッ」

舌打ちと共に彼はそれを諦《あきら》め、俺の股の間にイチモツを差し込み、俺のモノを揉み続けた。

こんな状況でも、本能の快感が身体を震わせる。我慢しようと思っても、刺激が、感触が、それを許さない。

行為の最中、俺はもう一言も口をきかなかった。

だが、最後の時だけは、我慢することができず声が上がってしまった。

「…ん…、あ…あ…ッ!」

止めようと自分で自分のモノを押さえた瞬間、彼の手と自分の性器に触れ、それが引き金となって射精した。

「…あ…」

ビクビクと肩が震えている間に脚の間から彼が引き抜かれ、背中に液体が散らされる。

短い吐息と共に、腰に掛かっていた手も、前を摑んでいた手も離れ、三上さんはベッドから下りた。

身体の下のスプリングが重責を下ろしたかのようにふわっと俺の身体を持ち上げた。

終わった。

とてつもなく長く感じていた、悪夢のような時間は終わったんだ。ただそれだけで少しだけほっとする。状況には何の変化もないのに。

俯《うつぶ》せていると息が苦しいので、顔を横に向けると、彼が自分の始末をして服を整えているのが見えた。

けれど俺の汚れを拭《ぬぐ》おうとか、服を直そうという素振りもない。

「突っ込んだわけじゃないから聞こえてるんだろう。部屋は外からしか開かない。窓は割ることもできないし、開けることもできない。お前は逃げることはできない」

向けられた背中。

事務的にさえ聞こえる冷ややかな声。

「首に付けた鎖は部屋の中を動き回るのに不自由はない程度の長さがある。風呂《ふろ》でもトイレでも勝手に使え。手に傷を作る覚悟があるのなら、引きちぎれる細さだ。それはお前の尊厳を削《そ》ぐために付けただけだからな」

何が面白いのか、語尾は笑っているようにも聞こえた。

「食事は後で運ぶ。死にたければ死んでもいい。私はそれを歓迎する。いっそその方が楽だとさえ思っている」

それだけ言うと、彼は一度も俺を振り向くことなく、「ではまた後で」と部屋から出て行った。

追いかけて殴る気力はなかった。

逃げ出すチャンスだったかもしれないが、立ち上がることもできなかった。

体力はまだ残っていた。彼が言った通り、突っ込まれたわけではないのだから。ただ射精させられただけなのだから。

だが気持ちが萎《な》えていた。

男に凌辱《りょうじょく》されたからでも、監禁されたからでも、首輪を付けられているからでもない。自分をこんな状態にして去って行った男が三上さんだったからだ。

彼が、俺が恋心を抱いていたたった一人の人だったから…。

三上哲也《てつや》さんと初めて会ったのは、俺がまだ九歳の小学生で、彼が十八の時だった。

彼の親の会社と父さんの会社が取引があったとかで、彼の両親が亡くなった後、父親が引き取ってその後の面倒を見るということになったからだった。

だがその時は三日ほどわが家に滞在し、すぐにどこかへ預けられてしまった。

ただ俯いたままの視線が印象的なお兄さんだった。

両親が亡くなったばかりなのだから当然なのだろうが、胸に刻まれるような、陰りのある顔の人だった。

再び出会ったのはその四年後、彼が大学を卒業した時で、俺はもう中学生になっていた。

すらりとした長身の彼は、スーツが似合う立派なサラリーマンになっていた。

「三上くんだ。私の秘書として働いてもらうことになった」

父さんがそう言って彼を俺に紹介してくれた時、彼はあの頃にはなかった穏やかさで、にっこりと微笑んだ。

「久しぶりだね、一水くん。覚えてるかな？ 前に一度会ってるんだよ」

差し出された手を握り、俺はもちろん覚えていると答えた。

「ご立派になられて、と僕が言うのは失礼ですね」

「いや、そんなことはない。立派に見えるなら嬉《うれ》しいよ」

子供の、生意気な言葉にも、彼は笑ってそう言える人だった。

「三上くんには、うちの離れに住んでもらう」

「離れに？」

父の言葉に、俺は驚いた。

今まで会社の人間を泊まらせることはあっても、住まわせると言い出したことなどなかったから。

「彼はとても優秀でね。だから新卒で私の秘書に据えた。もしうちに娘がいたら婿にとりたいくらいだ」

「社長」

「本当だ。それに、君には恩がある」

「恩だなんて。こちらこそ、あんな使い道のない場所を買い取ってくださって」

『恩』については、その時俺に説明はなかった。

後から聞いたところによると、彼の亡くなった親がやっていた工場と自宅を、父が丸ごと買い上げたことだそうだ。

売るに売れない事情があって困っていたところ、父が高値で買い取って自社の工場にしてあげたらしい。

その『売るに売れない事情』というのを知ったのは更に後で、彼の両親がその工場で自殺したからだった。

自殺者の出た場所を、好んで買いたいという者は確かに少ないだろう。

なのに父さんは、それを適正価格で機械ごと買い上げたのだ。

経営難で借金もあったようだから、三上さんにとっては本当にありがたいことだったのだろう。

本当なら、取引の最中に自殺され、父にも迷惑がかかったはずなのに、ただ一人残された子供が可哀想だと尽力したらしい。

仕事一徹の父にしては珍しい。

けれどそれも、仕事上の先行投資だったと言われれば、納得する。

三上さんは特別扱いだった。

だがその特別扱いにも文句が出ないほど、彼は優秀だったのだから。

更に三上さんは人当たりもよく、真面目で謙虚な人だったから、これと言った敵を作ることもなかった。

それは父が実利主義者であることと、所詮跡継ぎは俺であることが揺るぎないからだ。

特別に目はかけていても、愛情を注いでいるのではない。

周囲の考えは、将来俺が大きくなったら三上さんをその秘書に据えるつもりなのだというものだった。

つまり、父の代で働く人の脅威にはならない、と。

むしろ次世代を考えるなら、彼に取り入っておいた方がいいと思ったのかもしれない。

けれど、そういう周囲の思惑を別にして、俺は三上さんを気に入っていた。

兄弟がいなかったせいもあり、彼が、本当の兄のようにさえ思えた。

高校受験の勉強を見てくれたのも彼だし、高校二年の時に母が病に倒れると、仕事が忙しい父に代わって俺と母の面倒を見てくれたのも彼。

大学受験の時の勉強を見てくれたのも彼だった。

優しい人だった。

優秀な人だった。

思い遣りのある人だった。

憧《あこが》れの対象であり、同性であっても、仄《ほの》かな恋心を抱くのは当然のような人だった。

恋……。

そうだ、彼に恋心を抱いているのではないかと自覚した日のことも、よく覚えている。

俺には高校の時に、付き合った女の子がいた。

卒業を前にしてお互い忙しくなり、別々の大学へ行くけれどどうするのかと問い詰められ、真剣に話し合いたいと言われた。

面倒だとは思ったけれど、呼び出された約束の日、彼女のところに行くつもりだった。ガールフレンドと恋人の間ぐらいの付き合いをしている娘だったから。

けれど、その日、三上さんが風邪で会社を休んだ。

「一人で寝てるから、気にしなくていいよ。他の人に感染《うつ》さないように休んだだけだから」

三上さんはそう言ったけれど、俺は彼女との約束をキャンセルして家に残る方を選んだ。

「ダメだって。普段健康な人ほど適当にするんだから。今日は俺が側にいるよ。特に予定もなかったし」

嘘をついた。

それがどういうことだか、よくわかっていながら。

彼女に対する裏切り。

彼女と別れることになってしまうかもしれないということより、三上さんと二人きりで過ごせる時間の方が大切だということは、自分の気持ちの天秤《てんびん》が三上さんの方に傾いているということに外ならない。

片付いた部屋。

いつもは上げてる前髪を下ろし、少し幼く見える顔。

咳《せ》き込みながら横たわる三上さんの傍らで本を読むフリをして横顔を盗み見る。

「退屈だろう?」

「看病が面白かったらおかしいでしょう」

「減らず口だな」

笑う顔も、どこか力無い。

「減らず口じゃないよ。心配しなくていいって言ってるだけ。外に出て遊ぶのも嫌いじゃないけど、家にいるのも好きだし」

「一水くんは読書家だものな」

「三上さんほどじゃないけどね」

　視線を移した先には、雑多なジャンルの本が詰まった棚があった。彼がそれを全て読み終えていることを、俺は知っている。

　父さんに認められたくて、恩を返したくて、一生懸命に勉強していたことを。

「読みたい本があったら、持って行っていいよ」

「うん。後で歴史小説借りてく。でも今は三上さんの容体が心配」

「容体ってほどじゃ…、ゴホ…ッ」

「ごめん、喋《しゃべ》らない方がいいね」

　咳き込むから慌てて本を閉じ、背中でも摩《さす》ってあげようと彼に手を伸ばした。

「大丈夫だよ」

　その手を、熱い手が握る。

「感染るから、近づいちゃダメだ」

　熱のせいだとわかっていても、その手の熱さにドキリとする。

「若いから平気だよ」

「人を年寄りみたいに言ったな?」

「俺よりは、ね」

軽口を叩《たた》いても、内心は焦っていた。

ただ手を取られただけで、どうしてこんなにドキドキしてしまうのか、と。

「いつも世話やいてもらってるから、たまには俺の方が役に立ちたいんだ」

「世話をやいてるってほどのことはしてないさ」

「してるよ。俺はしてもらってると思ってる。三上さんはいつも側にいてくれるし、俺の言葉にも耳を傾けてくれるし…」

「ただ聞いてるだけさ」

「ただ聞いてくれてる事が嬉しいって時もあるよ」

「お父さんがいないと寂しい？」

「まさか、もうそんな歳《とし》じゃないし、俺を養うために働いてもらってるんだから、しょうがないことだってわかってる。それに、父さんと三上さんは別だよ」

「大人になったんだな」

熱に潤んだ目が微笑む。

視線を受けているだけで落ち着かないのに、握られた手を離そうとは思わなかった。

手のひらから伝わる体温と、絡むような指先を、いつまでも味わっていたくて。

彼も、手を離そうとはしなかった。

緊張して俺の手が冷たくなっていたのだろう。

「冷たくて気持ちいいな」

と言ってそのまま目を閉じた。

その時、俺は気が付いてしまった。

ああ、自分は彼が好きなんだな、と。

愛の言葉を囁《ささや》かれたわけではない。キスしたり抱き合ったりしたわけでもない。

ただ三上さんがそこにいて、自分と触れ合っているだけで胸が騒ぐ理由は、それしかないと理解した。

でもそれを口にすることはできなかった。

男同士だったから。

彼が自分を子供扱いしていないとわかっていたから。でなければ『大人になったんだな』なんてセリフが出てくるわけがない。

俺にしても、元々男性に恋愛をするタイプだったわけでもないので、彼がずっと側にいてくれるのならそれだけで満足だと思っていた。

その時の彼女とは結局そのまま別れてしまい、それ以来特定の彼女を作ろうとは思わなくなってしまった。

男友達と同じくらいのガールフレンドはいたけれど、恋愛に発展しそうになると逃げてしまうようになった。

付き合っても、自分の気持ちを全てその彼女に向けることはできないのだから、いたずらに付き合うのは失礼だと思って。

初恋だったのかもしれない。

けれど障害がありすぎて、特異すぎて、未来がなさすぎて、それを本当の恋に形作る前でずっと足踏みしていた。

それでも、同じ屋根の下で生活していられるから、焦ったりもしなかった。

周囲の言葉を信じて、いつか自分が会社に入って、父の跡を継いでも、三上さんは自分の側にいてくれるのだろうと信じていたから。

根拠のない信頼だ。

言葉にして確かめたこともない未来だった。

俺が十九になった誕生日、彼から誕生日祝いだと贈られた腕時計。

彼から貰《もら》った身につけられるプレゼントに喜んだことも忘れられない。その時計は、今も使っている。

贈られた時、彼に言われた言葉も覚えている。

「あと一年で二十歳だから大人だな」

夕飯の後、部屋へ戻ろうとして廊下で呼び止められ、紙袋を手渡されたのだ。

「大人になったら一緒にお酒飲みに連れてってくれる?」

と言った俺に、彼は笑った。

「いいよ。じゃあ誕生日の翌日のスケジュールは空けておきなさい。私が特別な店を予約しておいてあげよう」

「ホント?」

「だからそれまで一人で飲みに行ったりするなよ?」

「もちろん。酒は二十歳になってから、だよ」

「いい子だ」

「また『子』って言った」

「まだ十九だから仕方ない」

「もう三上さんがこの家に来た歳は越したのに」

「あの頃は俺もガキだった」

「大人っぽかったよ」

俺の言葉に、彼は困ったように笑った。

「そんなことはないさ。本当に何もわからない子供だった」

「だからお前も子供なんだぞって言いたいんでしょ。いいよ、わかった。あと一年経ったらお酒を飲みながら大人の付き合いをしてもらうから」

「期待してるよ」

立ち話をしていた階段の下、彼は突然俺を抱き締めた。

「早く大人になれ」

と言って。

俺にはそれが『大人になったら、恋愛の対象にしてくれる』という証しのように思えた。

彼から香るタバコの臭いに胸がときめいて、いつまでも抱き締められていたいと思った。

けれどその約束が守られることはなかった。

その三日後、彼は姿を消したのだ。

荷物は、何一つ持って行かなかった。部屋はそのままで、聞いた話では会社のデスクもそのままだったらしい。

残されていたのは辞表だけ。

携帯電話も解約し、連絡も取れなくなった。

理由はわからない。誰も、その兆候すら気づかなかった。

会社の機密を持ってどこかへ身売りしたのだと言う人もいたけれど、彼がそんな人ではないことは俺が一番よくわかっていた。

父は恩知らずだと一言呟いただけで、二度と彼の名前を口にすることはなくなった。部屋に残されていた荷物も、翌日には全て処分してしまった。俺が、彼の名残《なごり》を持ち出す暇もなく。

だがショックではあったのだろう、暫《しばら》くイラついてはいたから。

…何があったのか。

どうして一言も相談してくれなかったのか。

俺は彼にとってその程度の存在だったのか。

悲しくて、悲しくて、もしかしたら時間が経てば憧れという形に落ち着いたかもしれない俺の恋心は、逆に彼の失踪で消えない傷のように胸に刻み込まれてしまった。

叶《かな》わなかった恋として。

いつか会えたらどんなにか嬉しいだろう。

どうして姿を消したのか、その時に教えてもらえるだろうか?

成人式を迎えた時も、思い出したのは彼のことだった。

もうこれで一緒にお酒を飲みに行くこともできるよ。あなたの隣に立てるようになったよ。

ちゃんと約束の日は空けておいたよ。それを一方的にキャンセルしたんだから、いつかそれを履行して。

突然姿を消したことを、俺は怒っていない。ただ悲しかっただけだと伝えたい。

いつかまた会えたら。

ずっと、そう思っていた。

なのに…。


なのに、再会は最悪だった。

彼に汚された後、疲れ切った身体でベッドから下りた俺は服を直そうとして、汚れを拭《ぬぐ》うものが何もないことに気づいた。

シーツを汚した自分のものと、背にかけられた彼のもの。

このままではいられないからと、取り敢《あ》えずベッドからシーツを剝《は》がし、一旦《いったん》それで全身を拭った。

それから服を着直して、首についている鎖の長さを確認した。

細いそれはかなり長く、彼が言った通り、力任せに引っ張れば引きちぎれそうなチャチなものだった。

足首にある枷《かせ》も、ベルトの部分は合皮で、ハサミか何かがあれば切れそうだ。

だがこの部屋にハサミがあるとは思えない。

「風呂《ふろ》を使えだって…?」

こんなものを付けたまま、どうやってズボンを脱げと言うのか。

まず俺は鎖の方に手をかけた。

ベッドヘッドに固定はされていたが、摑《つか》んで全体重をかけると、意外なほどあっさりと根元からプツッと切れた。

首輪の構造は鏡がないとわからないから、長い鎖を引きずりながら、隣室への扉を開ける。

扉の向こうは、何も載っていないテーブルが置かれただけのダイニングルームだった。

その向こうにはキッチンが見える。

そして別の部屋に続く扉と、バスルームに続く扉と、トイレの扉、外に繋《つな》がるであろう鉄の扉があった。

試しに一つずつ試してみると、隣室と外への扉にはカギがかかっていた。

当たり前か、彼はここに自分を監禁するつもりなのだから。

キッチンには、包丁はなかったが、調理用のハサミがあった。

それを使って足枷《あしかせ》を切る。

首輪の方はぴったりと首に密着していたし、本物の革のようだったが、何とか切ることができた。

拘束具を外すと、やっといくらかほっとしたが、疲労感は増した。

「…風呂」

さっぱりしたくて、まずは浴槽に湯を溜《た》める。その間にシンクでシーツを洗った。新しいシーツが届けられるとは思えなかったので。

手でシーツを洗っている間に、涙が零《こぼ》れた。

何故《なぜ》、こんなことになったのだろう。

自分は三上《みかみ》さんが好きだった。

彼からも好意は感じていた。

同じ重みではなかったとしても、自分達の関係は良好だったはずだ。

もしもこの行為が、俺を好きだからというのなら、自分は喜んで応《こた》えただろう。男と寝たことなどないが、相手が三上さんならば、受け入れる覚悟もついた。

だがこれは愛や好意のあるものではなかった。暴力こそ振るわれなかったが、一方的で、憎しみを含む凌辱《りようじよく》だった。

俺は、彼を怒らせてしまったのか？

憎まれてしまったのか？

考えてもわからなかった。

濡《ぬ》れたシーツをダイニングの椅子を使って干し、風呂を使う。服を脱ぐ時、腕にまだ時計が残っていることに気づいた。

あの日、彼がくれた時計だ。

それもまた悲しい。

湯船に身を沈めると、温かさにいくらかほっとはしたが、悲しみは消えなかった。

自分がいなくなったことを、誰か気づくだろうか？

少なくとも、二、三日、いや、一週間以上気づかれることはないだろう。父親は愛人の家に帰るし、俺に連絡を取ってくることは稀《まれ》だ。

大学は休み、友人達にも昨日丁度《ちようど》旅行に行くかもしれないと言ってしまったばかり。通いの家政婦も、大学が休みに入ったことは知っているから、遊び歩いてると思うに違いない。

今、自分は誰からも気づかれることなく閉じ込められているのだ。

風呂から上がって、元の服をまた着ようとすると、ズボンに精液の汚点が付いていたので、それも洗った。

誰もいないのだからもうどうでもいいと、下着姿でテレビを点《つ》ける。

だがアンテナが接続されていないのか、テレビは映らなかった。傍らのＤＶＤとゲーム機は接続されているから、単なるモニターとして置かれているのだろう。

もちろん、ＤＶＤを観たり、ゲームをする気にはなれなかった。

ベッドの下、床の上で膝《ひざ》を抱えて蹲《うずくま》り、ただ『どうして』を繰り返す。

意外だったのは、自分でも驚くほど冷静だったことだ。

泣いたり喚《わめ》いたりする気にはならなかった。

それが無駄だとわかっているからか、相手が三上さんだったからか…。

疲れて、何も考えたくなかった。

空腹を感じてキッチンの冷蔵庫を開けたが、中は空っぽだった。動いてはいるようだが、空っぽでは意味がない。

仕方なくベッドに戻り、布団を引きずり下ろして身体に巻き付けると、そのまま眠りに落ちた。

いっそ、これが悪い夢で、目覚めたら自分の部屋であるようにと願いながら。

再び目覚めたのは、食べ物の匂いがしたからだった。

もぞもぞと動きだし、丸まった布団から這《は》い出ると、いつの間にか椅子が一つ増えていて、そこに三上さんが座っていた。

「起きたか」

変わらぬ冷たい声。

「三上さん…」

「足も首も取ったんだな。縛られるのは嫌だったか」

まるで新しい服は気に入らなかったかと問うような軽い言い方だ。

「だが今度は新しいものを持って来た」

「新しいもの…?」

「こっちを付けてもらう」

彼は、足元に置いていた紙袋から金属の枷を取り出した。

「な…! 何で? どうしてそんなものを…!」

「屈辱的だろう?」

その言葉で、拘束具が束縛のためではなく、屈辱を与えるためのものだとわかった。

「当たり前です! どうして俺がそんな…」

昨日の、…時間の感覚がないから果たしてそれが本当に『昨日』だったのかはわからないが、とにかく前に使われていたものは、いわばアダルトグッズ程度のものだった。

言ってしまえばチャチで、驚きはあっても束縛される恐怖までは呼び起こせるものではなかった。

だが今彼が取り出したのは、中世の囚人を繋ぐような重々しいものだ。

「新しい服も持って来てやった。後で着替えろ。いや、服とは言えないか？」

嘲笑《ちょうしょう》しながら彼が床に広げたのは襦袢《じゅばん》だった。

青い地に波頭。かろうじて男物であることに救われるが、それにしてもそれは上に着る着物がなければ薄い布を纏《まと》うだけにすぎない。

「そんなの、着ませんよ」

「だったら裸でもいいぞ」

他に着替えはない、という目だ。

「…帰してください」

「帰せない」

「何故？」

「お前はこれからずっと、ここで俺の相手をするからだ」

「ずっと…？」

三上さんは立ち上がり服を脱ぐと、座っていた椅子にかけた。

「しながら話してやろう」

「しながら…って…、何を…」

俺は思わず身体にしっかりと布団を巻き付けて立ち上がった。服を洗ってしまったので、この下は下着だけなのだ。

「逃げてもいいぞ、逃げられないから。その方が私が満足する」

「俺を苦しめたいんですか…?」

否定してもらいたくて訊《き》いたのに、彼は即座に肯定した。

「そうだ」

「何故?」

だがその問いに答えはなかった。

三上さんはネクタイも外し、ワイシャツ姿で、手にガムテープを持って近づいて来た。

「来ないで!」

と言っても聞き入れてくれるわけがない。それでも、叫ばずにはいられなかった。

「近寄らないで!」

怖かったから。

あんなにも好きな人だったのに。今でも好きな人なのに。何を考えているのかがわからなくて、怖かった。

俺の知ってる三上さんではないということが、絶対的な恐怖を与えていた。

この人は、本当に俺を傷つける。

肉体的な暴力ではなかったとしても。

怯《おび》える俺の姿を見て、彼はまた笑った。

「腹が減ってるだろう?」

一歩。

「風呂には入ったようだな」

また一歩。

「いいことだ。汚いままでは気分も萎《な》える」

近づいて来るから、こちらも逃げる。

いつしか俺は窓際に追い詰められていた。

窓は厚く、退路としても使えないのに。

「嫌だ…」

身体が当たってカーテンが揺れ、外からの光が差し込む。だが窓ガラスは曇っていて、外は見えなかった。

「嫌だ…！」

声を上げても、無意味。

逃げても無意味。

「おとなしくしろ」

彼の手が、巻き付けていた布団にかかる。

引っ張られて、引っ張り返して、力の攻防が続く。

だが思いきり引っ張り返した時に手を離され、バランスを崩した俺は布団の裾を踏んで床に倒れた。

その上から跨《また》がられ、布団を剝ぎ取られる。

「色気がないな」

と言うのは、アンダーシャツを着ていたからだろう。

脱がされるものかと脇《わき》を締めて身体を縮めたが、彼の手は薄いシャツを引きちぎった。

ビリビリと、嫌な音がする。

「嫌だ…！」

押さえ付けられ、腕を取られ、布片になったシャツが奪われる。

最後に残った袖《そで》の部分を引き抜くと、彼は俺の腕を後ろにねじ上げてガムテープで両手首を重ねてぐるぐる巻きにした。

「三上さん…！」

「暴れると肩を痛めるぞ」

「止《や》めて！　こんなことして何になるの？　どうしてそんなに俺が憎いの？」

「お前が憎いわけじゃない。お前の父親が憎いだけだ」

「…父さん？」

意外な言葉に力が抜ける。

その一瞬を逃さずに、彼は縛った手首を持って俺をずるずると引きずった。

「立て」

後ろ向きのままベッドの上に引き上げられる。

すぐに身体を起こして下りようとしたが、肩を摑んで引き戻された。

「嫌だ！　俺はこんなことしたくない！」

空腹は俺の抵抗力を削ぎはしたが、力ずくで心もなく初恋の人に抱かれることに対しての拒否感が最後の力を振り絞らせる。

不安定なベッドの上、パンツ一丁で後ろ手に縛られた俺と、ワイシャツ姿の三上さんがもつれ合い、滑稽《こっけい》なプロレスごっこのようだった。

「一水《かずみ》！」

首に彼の手がかかり、ベッドに沈められる。

新しいシーツがそこにかかっていることを、俺は今知った。

「できることなら、お前の父親を、飛沢《とびさわ》を殺してやりたいくらいだ」

その言葉にまた動きが鈍ってしまう。

「何故？」

「飛沢が私の両親を殺したからだ」

「…え？」

一瞬、聞き間違えたかと彼を振り向く。

三上さんの顔は憤怒に縁取られ、これもまた『俺の知らない三上さん』だった。

「お前の動きを止めてやるよ」

押さえ付けていた力が少し弱まる。自由になったわけではないが、逃げてもいいという程度のものに。

だから俺は足だけを使ってベッドヘッドの方へ身を寄せた。

「お前の父親が、私の両親を殺した」

ふいに静かになる口調。

「…そんなこと…、あるわけない…」

「実際に首を絞めたり刃物で突いたわけじゃない。忌ま忌ましいことに。もしそうだったら、どんな手段を使ってでも犯罪を立証して警察に突き出してやれたのに」

「…じゃあ、どうやって」

彼はベッドから下りて椅子にかけていたスーツからタバコとライターを取り出した。

昔は、俺の前でタバコを吸ってる姿など見たこともなかったのに。

「私の親は小さな部品工場をやっていた。飛沢の下請けだ」

「…聞いたことがある。ネジの工場で、優秀だったけど職人気質で採算を度外視して…、負債を負ったたって…」

「そして自殺した。それも知ってるんだな?」

「荒井《あらい》さんから…」

「荒井さんか、営業部長だからうちとも付き合いがあったからな」

ふらりと出て行って、どこからか灰皿を持って戻って来ると、それを足元に置いて彼は椅子に腰を下ろした。

肘掛《ひじか》けのついた一人用のゆったりとした白い椅子は、背の高い彼が座っても窮屈に見えない大きなものだった。

「私はあの頃、まだ高校生で、希望の大学に受かったからと友人と旅行に行っていた。丁度今頃のことだ」

彼の視線が、カーテンに閉ざされた窓に向かう。まるでその向こうに何かが見えているかのように。

「家に戻って来ると、平日なのに工場のシャッターが閉まっていた。おかしいと思って自宅の方に回ったが、そっちにもカギがかかっていた。珍しく夫婦二人で出掛けたんだろうと自分の鍵を使って中に入ると、家の中に何ともいえない嫌な臭いが漂っていた。強い臭いではないが、汚物の臭いのようだった」

吐き出す煙が天井近くにあるエアコンに吸い込まれてゆく。

「知ってるか？　首吊《くびつ》りをすると、穴という穴から中身が飛び出すんだ。眼球が飛び出し、涙が流れ、鼻汁が零《こぼ》れ、脱糞《だつぷん》する。臭いの元は工場で首を吊ってる両親からだった」

淡々と話すけれど、それは想像したくない光景だった。

「俺はきっと一生忘れない。あの姿も、あの臭いも」

無表情な横顔。

悲しむことすらできないほどの辛《つら》い記憶なのだ。

「…三上さん」

「葬式の時、飛沢がやって来て、あの男のところにも借金があることを告げた。まだ子供だった私にはどうにもできない額だった。するとあいつは工場を自分に売らないかと持ちかけてきた。売って、その金で借金を返せばいいと。そして私の父には世話になったし長い付き合いもあるから君の面倒を見させてくれと」

それは覚えている。

だから彼は我が家にやって来たのだ。

「工場と自宅を買い取った金はちゃんと支払われた。借金の取りまとめも、飛沢の取引している銀行を紹介してくれた。受かっていた大学にも行かせてもらい、飛沢の会社に勤め、あの男と同じ家に暮らすことになった」

「…父さんは、三上さんを特別に扱ってたと思うよ」

「特別？」

薄い唇がクッと歪《ゆが》み、嫌な笑みを作る。

「特別だっただろう。監視しなければならなかったのだから」

「監視？」

「あの男は、ずっと私が真実を知っているのじゃないか、今は知らなくてもいつか知るのではないかと危惧《きぐ》していただけだ。そのために四六時中自分の目の届くところに置き、恩を売り続けていたんだ」

恩がありますから、と微笑《わら》った昔の彼の顔が一瞬脳裏を過《よぎ》る。

だがそれは遠すぎる過去だった。

「飛沢インダストリアルが大きくなったきっかけを知ってるか?」

「部品製造で…、特許を取ったから…?」

「そう、振動でも外れないネジ、水中での錆《さび》を遅らせるネジメッキ。全部とは言わないが、ほとんどがネジ関係だ」

それが何だというのだろう。

「私の父の工場では、ネジを作っていた」

投じられた一石が、胸に波紋を作る。

この流れでそのセリフ。

「やっぱり一水は頭が悪くないな、察したか? その通りだよ、特許はお前の父親が、飛沢が考案したものじゃない。私の父が考えたものだ」

「まさか…!」

「そのまさかだ」

彼は身を屈め、足元の灰皿にタバコを押し付けて消した。

「会社の資料室で権利書類の棚から自分の父親の筆跡の申請書を見つけた時の驚きが、お前にわかるか？」

再び身体を起こした時には、能面のようだったその顔が怒りに満ちていた。

「飛沢は、職人気質だった父親を丸め込み、特許の書類を書かせ、自分でそれを書き直して申請したんだ。私が見つけたのは、提出されるべき書類だった。それでも飛沢に騙《だま》され続けた私は、それが何かの間違いだと思ってその書類の意味を調べた。調べて…、事実を知った」

身体に、震えが走る。

寒いわけではない。

部屋は、ずっとエアコンが効いていて適温に保たれているのだから。

震えは、身体の芯《しん》から湧《わ》き上がるものだった。

「飛沢は父に仕事を依頼した。そして父はそれに応《こた》えた。その時に、特許の取れるアイデアに気づいて父に書類を書かせた。親切面してそれを提出するための便宜を図ると言いながら、自分のものとして権利を手に入れたのだ。善良すぎる父は、それに気づかなかった。恐らく申請に時間がかかるとでも思っていたのだろう」

彼の言葉が重くのしかかる。

「いくつかの申請を出した後、やっとそのことに父が気づき始めた時、あの男は新たな仕事を回してきた。それは架空の依頼で、仕上げた後に逃げられた。材料費が借金となり、それを埋めるために特許の確認をした父は騙されたことを知った」

「わ…、わからないでしょう？　証拠は…？」

彼の語気の強さから、既に真実を確かめたとわかっていても、訊かずにはいられなかった。一縷《いちる》の望みとして、不明な点がある、推測の域に過ぎないという道を見つけたかった。

「両親が自殺したショックで、私は荷物の片付けができなかった。工場と自宅を売り払った時、飛沢は全《すべ》てを廃棄すると言ったが、思い出があるからと私はそれを全て倉庫に預けていた。管理費は、皮肉なことに飛沢が工場を買い上げた金があったからな。疑いを持った私は、その荷物を引っ繰り返した。そこで見つけた」

「…何を？」

「父親の最後の仕事の受注伝票だ。だが、飛沢の会社に発注書の控えはなかった。架空発注だったのだから当然だ」

「でも…、でも…」

「帳簿に、父の言葉もあった。『飛沢を信じたばかりに』と。しかも帳簿で確認をしたところ、最後の仕事の材料の業者は飛沢の指定でいつもとは違う会社だった。材料費はバカ高く、飛沢が逃げた後、…私が留守の間にかなりきつい取り立てがあったらしい」

父さんは…、仕事が一番の人だった。

厳しくて、計算高くて、会社を大きくすることに全力を傾けているような。だから、三上さんの言葉を否定し切れなかった。

他人を騙して自分の利益を得ることを『しない』とは言い切れない人だから。

「でも…、そこまでするつもりじゃなかったのかも。自分のしたことを反省してあなたを引き取ったのかも…」

「善意があった、と？」

嘲笑が向けられ、彼が近づいて来る。

「息子だから信じたいんだろうが、残念だな。そんな善意はカケラもない」

「わからないでしょう？」

「私がいなくなって、あの男は捜したか？　あの家に残してきた私の荷物はどうした？　善意のある人間ならば、一カ月ぐらいは残しておいたか？」

答えられなかった。

三上さんが失踪したとわかってすぐ、父さんはあの部屋のものを処分してしまったのだ。もちろん彼を捜そうともしなかった。

会社の人達が『社外秘のデータを持ち出したのかも』と言い出した時も、関係ないと突っぱねた。まるで三上さんの目的はわかっていたかのように。

「捨てただろう？　表面上は。だがきっと一水の見ていないところで必死に捜していただろうな、私の荷物の中に私があの男の犯罪を摑んだ証拠がないかどうか。きっと、飛沢は私が糾弾に現れやしないかと怯えていただろう」

彼が姿を消してから、父さんは毎日イラついていた。彼が不義理をして姿を消したことがショックだったのだと思っていたが、彼の言う通りと受け取ることもできた。

父さんが、三上さんの両親を騙して追い詰めた。

彼の両親を自殺に追い込んだ。

俺は、三上さんの仇《かたき》の息子…。

「もっとショックなことを教えてやろうか？」

憎まれて当然だ。

「私の家が初めてじゃないんだよ。飛沢の会社を支えている特許のいくつかは、それを一番最初に請け負ったとされる会社が考案したものだ。そして『どうしてだか』その会社は皆倒産したり行方《ゆくえ》をくらませたりしている。何故だと思う？」

三上さんがベッドに乗ってきても、俺は逃げなかった。

逃げられなかった。

「人を踏み付けにして大きくなった会社だ」

自分の立場がわかって、彼の行動の理由がわかって、動くことができなかった。

「その金で育ったんだよ、お前は」

言葉を発することもできない俺の足首を掴んで引き寄せる。

身体は動かず、膝だけが伸ばされたが、それでも彼の目的は達したらしい。

「あの男を殺すことはできない。殺したいほど憎くても。あの男のために犯罪者として捕まるリスクなど冒したくもない」

脚を開きその間に身体を進める。

「だから、あの男の大切なものを砕いてやろうと思った」

彼の手には、ローションのビンがあった。

何に使うかわかっていても逃げられない。

「大切な跡取りをこの手で」

彼の言葉が、俺を縛る。

これからも、愛されることはない。彼の気持ちが変わることはない。

愛されたいのに、この気持ちを伝えたいのに、それは許されないのだ。

「お前がのうのうと生活できた日々の下に、私の両親の死があったんだ」

言い掛かりだ、俺はそんなこと知らなかった。

跡取りとして必要とされてはいても、父さんが俺を愛してくれているとは言い難い。俺を傷つけても、三上さんが望むようなダメージを父さんに与えることはできないだろう。

けれど、それを口には出せなかった。

「怖いか？」

俺を見つめる彼の瞳の中の狂気と苦しみ。

歪んだ微笑《ほほえ》み。

「…三上さん」

真面目で優しかった三上さんが、今の事実を知った時、すぐに父さんを憎んだとは思えなかった。彼ならば、自分をも責めただろう。

どうして気づかなかったのか。

両親を追い詰めた人間に恩を感じ、尽くしたことも恥じただろう。

彼のために、俺は傷つけられなければならないのだと思った。

俺は、憎まれなければならない。

俺を憎み、傷つけることで、彼が少しでも楽になれるのならば、自分はそれを受け入れなければならないのだ。

愛されることのできない自分にとって、好きだということも言えない自分にとって、それがただ一つ、彼のためにしてあげられることだった。

「や…」

たとえそれがどれほどの苦しみであろうと…。


下着を剝ぎ取られて全裸にされ、俯《うつぶ》せにされる。

手は後ろで縛られたままだから、身体を支えることはできず、顔はベッドに突っ伏し、息ができなかった。

露《あらわ》になった尻に、彼の手から液体が零れる。

冷たい液体の感触が、ぬるりと肌を伝ってゆく。

彼の手がそれを目的の場所に塗り広げ、そのぬめりを借りて指が脚の狭間《はざま》に差し込まれた。

何とか横を向き、呼吸を整えようとするが、今度は彼の手によって呼吸が乱されてしまう。

「…う」

すぐに指が中に入ってくるのかと身構えたが、手はその周囲を巡り、前に回った。

「あ…」

ぬるぬるとした感触がペニスを取り巻く。

握るのではなく、摑むのでもなく、手のひらで摩《さす》るようにしながら、下半身が濡らされてゆく。

正直、行為は気持ちよかった。

ぬるぬると触られるだけで、前は硬く勃《た》ち上がった。

「淫乱《いんらん》だな」

三上さんの言葉に顔が熱くなる。

「こうされるのが好きか」

そうじゃない。

まだセックス自体に経験値がないだけだ。

他人に愛撫《あいぶ》されることに慣れていないし、こんなローションを使って触れられることなんてなかったから。

「一水も、もう大学四年になるのか。可哀想に、昨日と同じ今日が訪れると思っていたんだろう？　決められたレールに乗って、飛沢の会社に入って、ゆくゆくはあの会社を継ぐと思ってたんだろう?」

三上さんは、身体を重ねてはこなかった。

ただ感触を楽しむように、手だけで俺を翻弄《ほんろう》していた。

「私もだよ。昨日と同じ今日が、今日と同じ明日が来ると信じていた」

硬くなった性器を、玩具《おもちゃ》のように弄《もてあそ》ばれる。

「それを砕いたのが、お前の父親だ」

息などすぐに上がった。

苦しくて、鼻で呼吸することができなくて、口を開く。

じくじくと上がって来る快感に、息は速くなり、喉《のど》が渇いてしまう。

「あ…、や…っ」

だが、十分な硬さを得ると、その手も離れてしまった。

安堵《あんど》しつつも、物足りなさを感じ、そのことで自己嫌悪を覚える。これでは本当に淫乱なだけではないか、と。

姿は見えなくとも、ベッドのスプリングで彼がベッドから下りたことを察する。けれど、すぐにまた重みでしなり、戻って来たことを教える。

「この間は入らなかったからな」

手が、また尻に触れる。

「今日はちゃんと準備してやろう」

撫《な》でられ、指が奥に滑り、中へ差し込まれる。

「ひ…ッ」

今回はローションのせいで、するりと中へ入る。

「い…、いや…だ…」

だが奥までは入らず、すぐに肉に阻まれて行き詰まる。

進めなくなると引き抜かれ、すぐにまたぬめりを纏って侵入し、行き詰まって抜かれ、再び差し込まれ…。

何度も何度も抜き差しを繰り返される。

「う…、う…」

女ではないから、それで感じることはなかったが、だんだんと変な気分になってくる。

恥ずかしさと違和感で、力が入り、ヒクヒクと入って来る指を締め付けてしまう。

このまま、彼に貫かれるのかと思っていた。

思った通り、指が引き抜かれると、手が腰を抱く。

「や…」

高く腰を上げさせられる。

だが、それに続く行為は、予想外だった。

「や…！ 何…？」

指に代わって硬いものが穴に当たる。

「嫌だ…っ！」

ぷつっ、と何かが呑《の》み込まされ、一つ、また一つと押し込まれてゆく。

「三上さん…っ、何を…！」

ローションのせいで、痛みはなかった。

不快感だけが身体を貫いてゆく。

「アナル用のバイヴだ。細いから大した痛みはないだろう？」

バ…イヴ…？

目の前が真っ暗になって、目眩《めまい》がした。

「い…嫌だ…、止めて…っ！」

そんなに俺が憎かったか。

完全に慰み者にするつもりか。

俺を抱くのではなく、嬲《なぶ》るだけなのか。

「三上さん！　お願い、止めて……！」

彼の告白を聞いても、微《かす》かな望みがあったことを知った。言葉では酷《ひど》く言われても、行為は多少の好意があってのことだろう。

でもそうじゃないのだ。

彼にとって、これは単に俺を苦しめるためのものでしかないのだ。貶《おとし》めるためのものでしかないのだ。

「三上…っ、クッ…」

駄目押しのようにぐっと深くバイヴが差し込まれる。

「やぁ…！」

そして、嫌なモーター音と共に身体の奥から振動が始まった。

「……くっ」

何と…、言えばいいのか。

身体の中を搔《か》き回されるような感覚。

微振動が、内臓をも震わせる。

不快感に耐えようと、身を縮め力を入れる。

脚が閉じられた時、彼が自分から離れたことを知る。

それは、この行為に彼が参加せず、俺の痴態を眺めているだけだと、俺が見世物になっているのだということだ。

悲しい。

けれどその悲しみに浸ることもできない。

手が、脚を捉《とら》えて開かせると、耐えていた感覚が広がる。

「ひ…っ！」

反動で、中にあったものがぷつっと吐き出される。

感覚が、自分の呑み込んだものが団子状に連なったものなのだと教えた。

腹に力を入れると、その玉の一つが吐き出され、少し楽になるとまた強引に差し込まれる。

「あ…、あ…」

涙が零れた。

苦しくて、惨めで。

だが気持ちとは裏腹に、身体はだんだんと快感を覚えてくる。

突っ込み直される度に中で硬いものが当たる場所が変わり、ゾクゾクした。

それだけでもイッてしまいそうになるのを我慢しているというのに、彼の手は縮こまった俺の前に触れた。

「や…、触るな…」

「後ろに入れただけでも硬くなってるじゃないか」

違う。

これはさっき触られたからだ。

でももう、ちゃんとした会話などできなかった。

開かされた脚の間から、彼の手が前を撫でる。

中で振動が俺を嬲る。

「あ…、あ…」

否応のない快感が下半身を疼《うず》かせる。

痛みがあれば気を散らせられるのに、痛みがないから刺激が快楽に結び付いてしまう。

「や…」

全裸で、彼に尻を突き出したまいたずらされているという状況が羞恥心《しゅうち》を煽《あお》り、羞恥心があるから感覚が鋭敏になる。

「いい格好だ」

と言われるだけで、肉が震える。

「惨めだろう?」

言葉が胸を抉《えぐ》る。

「私には殺人はできない。だから死んだ方がマシだという目にあわせてやる」

苦しみと悲しみと快感。

心と身体が離反してゆく。

「私が受けた屈辱も、死んだ方がマシだと思わせるものだった。だがまだお前には快感が伴うだけマシだろう？」

「ひ…、ひ…ぁ…。あ…、や…」

もうギリギリのところにまで追い詰められた時、前を撫でていた手が離れた。

後ろだけではイくこともできず、もどかしさに包まれる。

でも『イかせて』とは言えなかった。言いたくなかった。

きしり、とベッドがしなり彼が移動する。

衣擦《きぬず》れの音がしたかと思うと、頭がグン、と沈み込む。

何故？　と思って目を開けると、目の前に三上さんのモノがあった。

「……っ」

グロテスクなほど生々しい他人の性器。

目を閉じ、顔を背けようとしたのだが、顎《あご》を取られて戻された。

「舐《な》めろ」

「や…」

「口を開けろ」

「いや…」

「拒む権利があると思ってるのか？」

指を突っ込まれ、無理やり口が開かされる。口の中に入れられた指はさっきまで自分のモノに触れていた手だ。口の中に入れたくない。なのに、それを遠ざける術《すべ》はない。

「…グ…」

肉塊が目の前に迫る。

「が…ぁ…」

唇に彼が当たり、そのまま強引に中へ突っ込まれた。

「目を開けて見ろ」

「う…あ…あ……」

「噛《か》むなよ」

頭を抱えられ、引き寄せられ、彼のモノを咥《くわ》えさせられる。

大きくて、閉ざすことのできない口からは唾液《だえき》が零れた。

目の前にあるのは、彼の下生えだけだった。その中から現れる肉が自分の口の中に消えている。

意識すればするだけで身体に力が入り、力むと中を締め付け、締めた肉を振動させる機械が内臓を苛《さいな》む。

下はもう限界で、じんじんと痺《しび》れるほど痛かった。

早く楽になりたい。

手が自由なら、自分でしてしまっただろう。でも手は使えなくて、そのことがまたもどかしさという刺激を与える。

零れる唾液をすすり上げると舌が彼を舐める。

ああ…、もう何をしてるのかわからなくなってくる。

何も考えたくない。

異常なこの状態で、どんなまともな思考ができるというのか?

勃起《ぼっき》した自分のモノを何とかしたくて、腰を落として先をベッドに擦り付ける。身体を低くすると筋肉が中の物を押し出してゆく。

「あ…」

もう押し戻す手がないから、一つ、また一つと玉は排出され、振動がそれを手助けする。

最後には、腹に力を入れて自分の力でバイヴを吐き出した。

振動音が大きくなり、彼もそれに気づいた。

「吐き出したのか。緩くなったみたいだな」

やっと彼が口からソレを引き抜くことを許し、身体を離す。でもそれは終わりではない。

身体を仰向けにさせたかと思うと、彼はまた俺の脚の間に戻って来た。

唇の端からは、だらしなく唾液が零れていた。

頭は朦朧《もうろう》としていた。

「いい様だ」

冷たい言葉も、もう最初ほどは俺を痛め付けなかった。それを受け取る心が、疲弊してしまっていたから。

脚を大きく開かされ、前を握られる。

辛かったから、これでイかせてもらえると、安堵さえした。

「痛…ッ」

だが手は愛撫のために伸びたわけじゃなく、強く握って俺を止めるために伸ばされたものだった。

「み…かみ…さ…」

正座した彼の膝の上に腰を載せられる。

俺を握っていない方の手の指がバイヴの代わりに中に差し込まれる。広げられた穴は、その指をずるっと呑み込んだ。

「……ひッ!」

内側に新たな異物を受けて身体が締まる。

「もういいな」

「いや…、無理だ…」

首を振って拒んだ。

意味がなくても、それは嫌だったから。

「いや…っ、……あっ! ああ…っ」

前を握っていた手が離れ、脚を持ち上げられ、彼が穴に当たる。見たくはないのに、折られた身体は自分の屹立《きつりつ》したモノを晒《さら》させる。

「身体は軟《やわ》らかいんだな」

もう限界に張り詰めた自分のモノが腹に擦るかと思うほど畳まれて、彼が俺の中に入って来る。

「あ…ぁ、アーッ」

身体の下になった手で、シーツを握った。それも爪が手のひらに食い込むかと思うほど強く、強く。

ローションのせいで抵抗は薄くなったとはいえ、さっきのバイヴとは大きさが違う。

「ひ…っ、ひ…っ、あ…」

なのに吐き出すことはできず、どんどんと奥に進まれる。

「見ろ、入ってゆく」

嘲笑。

「才能があるんじゃないか?」

腰を揺らし、狂気の声が響く。

「惨めだろう?　嫌だろう?　消し去りたいと思う記憶になる。甘ったるい快感に溺《おぼ》れた自分を嫌悪したくなる」

彼の言葉の意味が、俺にはわかった。

頭は悪くないんだ。

彼は、飛沢の家での生活が心地よかったのだ。俺と一緒に過ごした時間は、『甘ったるい快感に溺れる』ようだったのだ。

だからこそ、自分の親を追い詰めて殺した男の手のひらの上で弄ばれた屈辱に、破綻《はたん》してしまったのだ。

殺人はできない。

だから自分と同じ目にあわせてやる。

そういうことなのだ。

「いや…」

身体が揺れる。

世界が揺れる。

「やめて…」

涙が零れる。

でも拭う手はガムテープで縛られていて、誰かが拭ってくれることもない。

「いや…だ…。あ…」

三上さんが、自分と繋がっている。

ぐちゃぐちゃと内側を突き上げてくる。

屈辱的で、恥辱的なこの時間の中にあって、俺はそれを『感じて』いた。

自分の好きな人の顔を見ながら、性的な刺激を与えられているのだから当然だ。まだ若い、やりたい盛りなんだから仕方がない。

でも、そんな浅ましさや悦《よろこ》びを彼にだけは知られたくなくて、呪文《じゅもん》のように拒否の言葉を繰り返した。

「もう…、いやだぁ…」

それが彼の慰めになってくれるから。

「は…、はは…。嫌か？　辛いか？　苦しいか？　だがもうここはこんなだぞ？」

三上さんの大きな手が、俺のモノを包む。

今度こそ、イかせるために忙しく動く。

「や…、ダメ…！　いやだ…っ！」

迫《せ》り上がってくる感覚に力が入る。

身体が中の彼を締め付ける。

三上さんの顔が、一瞬キツそうに歪んだ。

だが先に、俺の方が最後を迎えてしまった。

「あ、ああー…っ！」

勢いよく飛び出した精液が、自分の顔にまで届いた。

握ったままの彼の手を汚しながら、腹にぱたぱたと零れてゆく白濁した雫《しずく》。

次の瞬間、身体の内側でコーヒーのカップが倒れた。

「…クッ」

そんな感じだった。

自分の体温とは違う熱の液体が、じわりと広がってゆくから。

「…ふ…っ」

前のめりだった三上さんの身体が起こされると、繋がっていた場所から彼が抜けてゆく。

同時に、俺に注がれたものもとろりと流れ出した。

「これから…、たっぷりとお前をぬるま湯に浸《つ》けてやる。自己嫌悪の底まで落ちるような、甘い苦しみの中に」

そして彼は笑った。

苦しそうにも悲しそうにも聞こえる声で…。


「一水、来なさい」

父さんに呼ばれて応接間に行くと、そこには無表情な青年が座っていた。

背筋はちゃんと伸ばしているのに、項垂《うなだ》れたように視線を下に向けている、端正な顔のお兄さんだった。

見たことのない来客に少し慌て、父の傍らに立ち、深く頭を下げる。

「いらっしゃいませ」

青年は俺の声にゆっくりとこちらを向き、俺を見て微笑んだ。

「こんにちは」

優しい声だった。

一人っ子で、兄弟に憧れを抱いていた俺は、彼に興味を持った。

「一水、こちらは三上哲也《てつや》くんだ。ご両親が亡くなって、暫《しばら》くうちで預かることになったから、仲良くしなさい」

父さんは、俺の頭を撫でた。

「二階の客間、わかるな？　あそこへ案内するんだ」

「はい」

「哲也くんも、こんなおじさんと一緒にいるより、息子の案内の方がいいだろう。私は会社に戻るが、夕飯まで、少しゆっくりしなさい」

「ありがとうございます」

小さかった俺は、客の案内という大任に、胸を躍らせた。

「こちらへどうぞ。案内します」

テーブルを回って、紹介された三上さんの手を取る。三上さんはそれに驚いたように目を丸くし、すぐに笑みを浮かべた。

「よろしく、一水くん」

手を取り合って、リビングを出て、二階への階段を上る。

彼は、カバン一つしか荷物を持っていなかった。滞在は短いということだ。

「お兄さん、兄弟いる？」

父という監視がいなくなったから、すぐに口調も砕けてしまう。

「いいや、一人っ子だよ」

「ホント？　僕と一緒だね」

「一人は寂しい？」

「ううん。お母さんいるもん。今日はお出掛けしてるけど」

「そうか」

「お兄さんは寂しい？」

見上げるほど大きな人は、悲しそうに微笑《わら》った。

「そうだね。寂しいな」

意外な返事だった。

俺よりも年上の人なのに。

「じゃあ僕が弟になってあげる」

「一水くんが？」

「うん。ここにいる間だけだけど。こちらへどうぞ、お部屋です」

手を離し、ドアを開ける。

ゲストルームはベッドとテーブルが置かれた広い部屋だった。夫婦で泊まりに来る人が多いので、ベッドが二つあるせいもあるだろう。

彼は部屋へ入るとカバンを置き、小さなテーブルセットの椅子ではなく、ベッドの上に腰を下ろし、長いため息をついた。

影のある寂しげな横顔。

綺麗《きれい》な顔だった。

「疲れた？」

「…うん」

今ならばわかる。

恐らく彼が飛沢の家を訪れたのは、両親の葬儀も終わり、身辺整理をした後だったのだろう。

疲れていて当然だ。

だが何も知らないから、俺はそれを単なる身体の疲れだと思っていた。

「おいで」

と呼ばれるままに彼に歩み寄る。

三上さんは、俺を抱き上げると、膝の上に乗せた。

「僕、重い？」

「軽いよ」

「そう？ でも学校じゃ大きい方なんだよ」

彼の長い腕は、俺を緩く抱えていて、その表情は見えなかった。

「……温かい」

ポツリと聞こえた言葉。

あれは『何と比べて』だったのか。

「一水くんはいい匂いがする」

肩口に埋もれた彼が俺の匂いを嗅《か》ぐ。

それも。『何と比べて』いい香りだと言ったのか。

「シャンプーの匂いだよ。お母さんと同じなの。お父さんは違うんだけど」

傷ついていたのだ彼は。

全てを失い、絶望のままに飛沢の家へやって来たのだ。

だが自分の傷にすら気づいていなかったのかもしれない。嵐《あらし》のように全てが呑み込まれ、考えすらまともではなかっただろう。

自分がどこにいるのか、それがどうしてなのかも考えられなかったはずだ。小さく温かいものに触れ、一人になり、ようやく悲しみに追いつかれたところだったのだろう。

何もわからなくても、気配だけは察した。このお兄さんには声をかけない方がいい、と。黙ってここにいるだけの方がいいのだろうと。

だからそのままじっとしていた。

退屈だったけれど、誰かからこんなふうに抱き締めてもらうのは悪い気分じゃなかったから、おとなしくしていた。

ああ…。

あの時に戻れたら。

俺はきっと三上さんに慰めの言葉を口にできただろう。

もう少し大人だったら、『ご両親が亡くなって』という父の言葉の重みに気づいただろう。

彼の喪失感と絶望に、何かもっとしてやれることがあったかもしれない。

けれどまだ幼かったから、彼は今日出会ったばかりの見知らぬ人でしかなかったから、俺はただ彼の体温を心地よいと思いながらじっとしているだけだった。

自分の腹で組まれた彼の長い指と、投げ出してぶらぶらとさせた自分の足先を眺めていた。

このお兄さんが、ずっと一緒にいればいいのに。そうしたらいつか笑ってもらって、一緒に遊んでもらえるのにと、子供らしい欲を持ったまま。

好き、ということならば、俺はあの最初の出会いの時から三上さんが好きだった。

まだ乾いていない傷口を抱く、寂しげな人に心惹《こころひ》かれていた。

やがて傷が癒え、立派な大人の男になって再会した時には、憧れの対象だった。

一緒に暮らしている間も、彼の気が引きたくて、一緒にいたくて。振り向いて微笑んでもらえることが喜びだった。

恋愛は、激しいものばかりとは限らない。

室温で溶ける氷のように、一気に水にはならなくても、じわじわと溶解してゆくような恋もあるのだ。

自分の三上さんへの恋心はそれだった。

日々の暮らしの中で、彼をゆっくりと好きになり、恋になり、突然全てを取り上げられてしまった。

再び始まった恋は、最悪の形だったが、俺は自分の中にある気持ちの変化を感じていた。

優しく穏やかな恋ではなく、激しく彼を求めている。

それは決して抱かれたからではない。

彼の傷が目の前に突き付けられたからだ。

俺の欲求は、『愛されたい』から『愛したい』に変わっていた。

昔の三上さんを知っていたから。

あの凶行を行うまでに心を歪められた彼の苦しみを察することができる。可哀想という言葉で片付けられない痛ましさが、愛情を強めた。

彼は、姿を消す前日まで、態度を変えなかった。

僅《わず》かにその前日、いつもと違う態度を見せただけで、長く『おかしい』と思わせたわけではない。

あの、口を閉ざされた時から、俺は彼にとって『仇』だったのだろう。

それは彼にとって、信じられる者はこの世に誰もいなくなってしまったということだ。

学生時代の友人達の前には、両親の自殺という負い目があるから姿を見せることもできないだろう。

実際、俺は彼が昔の友人の話をしているのを聞いたことがない。

飛沢に預けられてから彼が作った友人は、皆会社絡みの人間ばかり。

父がどんなに狡猾《こうかつ》だったとしても、一人で全てを行うことはできないはずだから、きっと社内に共謀者がいる。

それが誰だかはわからない。

彼にもすぐにわかったとは思えない。未だに知らないかもしれない。

同僚や後輩との付き合いは、もともと疎遠だった。

社長のお声掛かりだった三上さんは、女性に人気はあったが、同期の人間からは距離を置かれていたはずだ。

俺が大学で『セレブな学生』というレッテルを貼《は》られて、よそよそしくされていたように。

ただ、彼にも『同じグループに属する』友人はいた。

専務の息子さんや、取引先でエリートと呼ばれている人達だ。その人達は、将来彼がいいポストにつくことを見越して親交を得ようとしていたり。同じ生活水準、似たようなものの考え方ということで、彼と親しくしていた。

だがその人達も、三上さんが真実を知った時に遠ざからなければならない相手となったはずだ。

もしかしたら、この人物も策略に加担しているかもしれない。その人物自身でなくとも、その縁者が。それだけの地位とバックボーンを持っている人間なのだから。

そうでない人間からは、どんなに心配されても、気遣われても、三上さんの方から逃げなければならない。

彼が会社を、社長を糾弾することになれば、無関係な人間にも害が及ぶかもしれない。

飛沢の家を出て行った彼が何も持って行かなかったように、彼は人との交わりも断った。

だから、捜しても見つけることができなかったのだ。

唯一会社のことに関係なかった俺が、一番の恨みの対象になってしまった。

この四面楚歌《しめんそか》。

それを思うと、何をされても、彼を恨むことなどできなかった。

自分よりずっと年上で強い男であるはずの三上さんが、キリキリと張り詰めた細い糸のように見えた。

何か一つでも間違えたら、プッツリと切れて、壊れてしまうような。

だから、俺は自分の役割を理解し、それを演じることしかできなかった。

二度目の性交の後、空腹から起き上がれなくなった俺に、三上さんは汚れた手のままでサンドイッチを口へ運んでくれた。俺の手を自由にはせずに。

「お前のものだ、別にかまわないだろう？」

乾いた自分のモノの匂いを伴った食べ物を噛《か》み砕いて呑み込む。

思っていたよりも腹が減っていて、差し出されたものは全てたいらげた。

俺の食事が終わると、彼は自分だけシャワーを浴び、新しい服に着替え、その後でやっと俺の手を自由にしてくれた。

それから風呂に入るように命じた。

異物を咥えた下半身は疲れ、傷つき、歩くのさえ億劫《おっくう》だった。

一歩踏み出すと、中に残ったものが内股を伝って流れ出す。

気持ち悪くて、恥ずかしくて、その場にへたり込むと、腕を摑んで無理やりバスルームへ連れて行かれた。

のろのろと身体を洗って出てくると、今度は金属の足輪を付けられる。

何でできているのかはわからないが、これもやはりＳＭ用のアイテムなのだろう。見た目よりずっと軽かった。

カギ付きで、今度は簡単に取れるようなものではない。

歩くのに不自由のない長さの鎖で左右が繋がれているから、歩けなくなるようにというわけではなく、こういうものを付けられているという責め苦なのだろう。

でなければ、こんなものを付けていては逃げ出して人前に姿を見せることはできなくなると考えてか。

手は、自由だった。

首輪は付けられた。だが自分でも外せるような、ベルト式の、革のもので、また繋がった鎖はベッドヘッドに繋がれた。

多分これは彼が出て行く時に追いかけてこれないようにという一時的なものなのだろう。

だが下着は与えられず、着替えも襦袢一枚。

「女郎《じょろう》のようだ」

揶揄《やゆ》する言葉に、返す表情もない。

自分もそうだなと思ったし、もう疲れ切っていたので。

「死にたいか？」

と訊かれ、俺は首を横に振った。

「…死にたくない」

「いい返事だ。それなら、次に来る時は調理器具を持って来てやろう」

それだけ言うと、彼は帰って行った。

俺はベッドに繋がれたまま見送ることもできず、彼が出て行く扉の音を聞いただけだった。

彼がいなくなると、急に部屋は静かになり、孤独が訪れる。

することもなく、ただぼーっとしているだけの時間。

首輪を外してキッチンへ行くと、いつの間にか冷蔵庫にはコンビニの総菜が入っていたし、コンロの上には温めればいいだけのスープがあった。

目覚めた時に漂っていた匂いはこれに違いない。三上さんが作ったのだろうか?

コーヒーと紅茶の用意もある。

「生活するための最低限のものは揃《そろ》えられている、か…」

だがここから出る方法はなかった。

着替えもない。

外部との連絡方法もない。

「何時《いつ》帰してもらえるんだろう」

帰してくれるつもりがあるかどうかさえ怪しい。

いや、殺すつもりはないと言ったのだから、帰してくれる日は来るのだろう。だが、帰りたいとは思わなかった。

ここで別れたら、二度と彼とは会えなくなってしまうだろうから。

三上さんの気持ちと行為の理由がわかったから、悲しみは残ったが落ち着きも手に入れた。

コーヒーを淹《い》れて、ＤＶＤを観て時間を過ごす。

汚れたベッドを片付けて、もぞもぞと中に入って眠った。

シェルターの中にこもってるようだ。

世界が滅びて、俺と彼だけが生き延びてるみたいだ。

そんな考えに苦笑して、眠りに落ちた。


再び目を覚ましたのは、微《かす》かな物音のせいだった。

目を開ける前に、腕を取られる。

「…何？」

寝ぼけた頭が覚醒《かくせい》する前に、手はまた後ろで拘束される。

ガムテープではなく、感触からして革か何かだろう。

目の前には黒いシャツを着た三上《みかみ》さんがいた。

「いつまでものんびりと寝ているな。私がここに来たのだから、することは一つに決まってるだろう」

「……え？」

「何が『え？』だ」

「だって、昨日…」

「昨日したから今日はしないと？」

嫌な笑い。

「身体が…壊れる…」

「傷にならないようにしてやるさ」

言うが早いか、彼は俺の着ていた襦袢《じゅばん》の襟元から手を入れた。

「ん…っ」

まだ眠っていた身体に、冷たい彼の手が触れ、目が覚める。外から来たせいで、体温が上がっていないのだろう。

その指が、胸を摘まんだ。

「悦《よ》くしてやる。こっちも楽しみたいからな」

開いた胸に顔を近づけ、胸が吸われる。

「あ…」

乳首が舌で嬲《なぶ》られ、軽く歯が当てられる。

また、三上さんは俺を抱く気なのだ。

俺の身体を弄《もてあそ》ぶつもりなのだ。

「ん…っ」

下には触れず、指と口とで胸だけを執拗《しつよう》に責められる。

ぷっくりと膨らんだ先だけを、玩具《おもちゃ》のように弄《いじ》られていると、男なのに、揉《も》まれる乳房があるわけではないのに、焦《じ》れるような疼《うず》きが生まれた。

締め付ける下着もないから、裾を膨らませて自分のモノが勃《た》ち上がる。

根元から、先端に熱が集まってゆく。

前を触って欲しい。

楽にして欲しい。

でもそんなはしたないことは言えなかった。

「あ…、あ…」

男同士だから、こちらの変化を見れば状況をわかっているだろう。なのに彼は下には触れてくれなかった。

ぴちゃぴちゃと彼が舌を使う音が耳に届くと、それがまた俺を煽《あお》る。

まるで我慢比べのようだ。

彼だって男の胸を舐めるだけで満足するということはないだろう。俺が触れてと言うか、彼が彼の欲望を満たすために触れてくるか。

結果は、どちらでもなかった。

俺が息を荒くして膝《ひざ》を擦《こす》り合わせると、彼はすっと離れてしまった。

「強姦《ごうかん》されても、感じるものは感じる、か」

事実だから、反論はできない。

「安心しろ、今日は私は挿《い》れない。他のことで楽しませてやる」

「他の…って、またあの…」

昨日使われたバイヴの感触を思い出し、身を硬くする。

「そうだ。まずは穴を広げて、お前も楽しめるようにしないとな。男に犯《や》られることが快感だと、その身体に刻み付けてやる」

「いやだ…」

「黙ってろ。うるさくするとその口を塞ぐぞ」

取り出される器具。

赤い色をしたシリコン製らしい数珠《じゅず》のようなバイヴレーター。そしてもう一つ、大きなカップのようなもの。

三上さんは、黙ったままローションを取り出し、それをまた俺の股間に塗り付けた。

「う…」

ただ触られるだけでも、他人の手であるというだけで感じてしまうのに、それがぬるぬるとした感触を纏《まと》ってとなるのだから、胸を弄られて疼いていた場所は熱を帯びた。

すると三上さんはカップのようなものを俺のモノに被《かぶ》せた。

丁度全《ちょうどすべ》てがその中に入るような大きさだ。

「…うっ」

外側からはわからなかった軟《やわ》らかい圧迫感。

ローションのぬめりと一緒になるとまるで口で咥《くわ》えられているかのようだ。いや、この感触は女性器だ。

彼の手が、カップの横にあるスイッチを入れると、モーター音とともに内張りの軟らかいものが蠢《うごめ》き始める。

「う…っ」

純粋に男性としての快楽を与える刺激に、身体は正直だった。

「や…、何…を…」

「オナホールというらしい。自慰行為用の器具だ。気持ちいいだろう？　女としているような感覚を得られて」

「あ…ぁ…」

それを前に付けたまま、脚を開かされ、バイヴを後ろに埋め込まれる。

「……ひっ！」

前の刺激があるから、先がほんの少し入っただけでもうダメだった。

「早いな。後ろが悦かったか？　前を弄られたから？」

もう射精してしまったというのに、彼はバイヴを埋める手を止めなかった。前に付けたものもそのままだ。

射精し、敏感になった先端に刺激を受けることで、残滓《ざんし》の快感が痺《しび》れるように再びの官能を呼び覚ます。

「やめて…」

気持ちはいい。

快感はある。

だがそれは『して欲しいこと』ではない。強引に押し付けられる快感だ。

「あ…、あ…やだ…っ」

鳥肌が立ち、筋肉が痙攣《けいれん》する。

逃しようのない快感に、のたうち回る。

乱れた裾はもう脚すら隠してはいなかった。

「と…取って…」

「何故《なぜ》?」

「いや…。やだ…」

「気持ちいいんだろう? 早々とイッたくらいだ」

前で感じてヒクつくと、咥えた後ろが呼応する。

「三上さん…、お願い…。いやだ…っ」

拷問だ。

こんなの、快楽でも何でもない。

だがこれが、彼が与えたがっているものなのだ。だから、俺が声を上げて身悶《みもだ》えるのを三上さんは冷めた目で見下ろしていた。

「いや…」

抱かれるならまだいい。

それも辛《つら》くはあるが、好きな人と触れ合っていられるのだから。だが、どんなにエクスタシーを感じても、指一本触れることなく嬲られるなんて…。

三上さんはベッドを下り、持ち込んだあの白い椅子に座って脚を組み、じっと俺を見ているだけだった。

肘掛《ひじか》けに少し身体をもたせるようにして、頬杖《ほおづえ》をつき、何も言わず。

「う…。ん…っ、く…」

たった一人ベッドの上で蟲《むし》のようにのたうつ俺を見ていた。

心が軋《きし》んでも、肉体は生理現象として勃起し射精する。

「いや…。あ、あ、あ…。あぁ…っ！」

結局、その日、彼は俺を抱かなかった。

ずっと道具を使って俺を嬲るだけ嬲って終わりだった。

彼が出て行く扉の音を聞くと、涙が溢《あふ》れた。

悲しい。

悲しい。

悲しい。

彼を好きだから、彼の気持ちがわかるから、自分の役を甘んじて受ける覚悟はあったけれど、現実はもっと厳しく辛い。

報われることのない献身は愚行だ。

憎まれているのに、昔と同じ関係に戻ることなどないのに。

それでも必死に彼との『繋《つな》がり』にしがみついている自分が惨めだった。捨てないで、どこにも行かないで、父親の悪事を謝罪しろと言うなら謝罪する。ひれ伏してでも謝る。

でもそれをすれば彼の気が済むというわけではない。

…いいや、違う。

それで彼の気が済んでしまうのが怖いんだろう？

みっともなく謝ったり、俺には関係のないことだと怒って、彼が俺に対する興味を失ってしまうのが怖いんだろう？

許されても、呆《あき》れられても、彼が自分を手放すことが怖いんだ。

たとえ肉を裂く鉤爪《かぎづめ》にかけられたのだとしても、やっと彼と会えたこの繋がりを失いたくないだけだ。

痛む彼の心を知って恋が愛に変わってしまったから。

別離を考えたくないだけだ。

浅ましい。

己の浅ましさにまた涙が零《こぼ》れる。

泣いたからと言って何が変わるわけでもないのに、自分のために、彼のために泣くことしかできなくて、声を上げて泣いた。

自分で選んだ地獄だとわかっているからこそ、我が身の憐れさに…。


三上さんが行方《ゆくえ》をくらます前日。

父さんは仕事だということで酒を飲んで夜遅くに戻って来た。

玄関先へ迎えに出た俺に、商談が上手《うま》くいったんだと上機嫌で言うと、そのまま自分の部屋へ戻って行った。

お供だった三上さんは、車を車庫に入れてからちょっと遅れて戻って来た。

「おかえりなさい、仕事上手くいったんだって?」

車を運転してきたのだから、当然彼は飲んでいなかった。

なのに具合でも悪いのかと思うような顔色をしていた。

「三上さん?」

もう一度名前を呼ぶと、まるで今俺がいることに気づいたというようにハッとこちらに視線を向ける。

「どうしたの？　大丈夫？」

「何がだい？」

「顔色、悪いよ？」

「そうかな。別に普通だよ。そう見えるなら疲れてるのかもしれないな。はい、これ車のキー。お父さんに渡しておいて」

離れに住んでいる彼が、顔を見せたのはこのキーを渡すためだ。受け取ってしまえばすぐに帰ってしまうだろう。

「コーヒー淹《い》れるところだったから、一緒にどう？　淹れてあげるよ」

だから俺はそう言って誘った。

「…社長は？」

「もう部屋に入っちゃった。今頃高イビキだよ。お風呂《ふろ》にも入らないんだから。俺が相手じゃ不足？」

三上さんは暫《しばら》く考えるように黙っていたが、すぐに頷《うなず》いた。

「そうだね。じゃ、一杯だけいただこうかな」

「うん」

彼がついてくることを疑わず、先に立ってキッチンへ向かう。

コーヒーメーカーにカートリッジをセットして、スイッチを入れる。

カップを出していると、ダイニングに三上さんが姿を現して席についた。

「今日、大変だったの？」

「うん？　どうして？」

「疲れたみたいだって言ってたから」

コーヒーはすぐに出来上がり、カップに注いで彼の元へ運ぶ。

「はい、どうぞ」

カップを目の前に置いてあげると、三上さんはすぐに手に取った。息を吹きかけ、冷ましながら一口含む。

「熱っ」

「淹れたてだもの」

俺は笑ったが、彼の浮かない顔は変わらず、俺の笑いだけが宙に浮く。

自分も彼の前に座り、コーヒーを飲んだ。

「一水《かずみ》くんは、お父さん好きかい？」

「何、突然。好きだよ、自分の父親だもの」

「そうだな、当然だな」

「…亡くなったお父さんのこと、思い出した？」

その頃には、彼の過去と家族について、一通りのことは耳に入っていた。だから注意して訊《き》いたのだが、三上さんの表情は固く強《こわ》ばった。

「…ごめん」

謝る理由があったわけではないが、つい謝罪の言葉を口にする。

「謝る必要はないよ。そう…、少し思い出してた」

視線がすっと横にずれ、どこか遠くを見る。

「一水くんは、社長と似てないね」

見ていないクセに、彼は俺の顔を話題にした。

「髪色も明るいし、猫っ毛だし、目も大きいし」

「子供っぽいってこと？」

「いや、美人だって褒めてるんだよ。奥様にもあまり似てないし」

「母方のお祖母《ばあ》ちゃんに似てるらしいよ。写真見たらよく似てた。白黒だったから髪色はわかんないけど」

「ふぅん…」

「今度写真見せてあげようか？」

「『いつか』ね」

興味がないのかな。

俺は三上さんに興味があるのに。ただ彼に昔の写真を見せてくれとは言えないだけで。

「今度の休み、三上さん予定ある？」

「どうして？」

「一緒に買い物行かないかなって。ここのところ三上さん忙しくて一緒に食事もできなかったでしょう？　だから二人でご飯でも」

「…ごめん。無理だ」

「仕事、まだ忙しいの？」

「…ああ。できない約束はしないことにしてるから」

「じゃ、その次は？」

「今のところ先の予定が立たないんだ」

「そっか…」

残念だな。

高校の頃までは、よく彼の方から連れ出してくれていたのだが、大学に入ってからは彼も忙しくなったのか、あまり二人きりで会うことはなくなっていた。

それならこちらから、と思ったのに。

「仕事なら仕方ないか…。仕事が優先だものね」

「一水くんも、仕事が大事かい？」

「父さんに厳しく言われてるから。会社の社長となったからには、会社を大きくするのが仕事だ。仕事のためには何でもできるようになりなさい、って」

「…何でも、ね」

「俺にできるかどうかわからないけど」

「できなくてもいいんじゃないか？」

コーヒーを飲みながら、ぽそりと呟《つぶや》く。否定されたのかと思ったがそうではなかった。

「できない方がいい。君は、お父さんとは違う社長になった方がいい」

「三上さん？」

「一水くんのいいところは優しいところだ。それを大切にした方がいい。社長にならないという手もあるしね」

「それはきっと許されないよ。父さんが働いたお金で食べさせてもらってるんだもの、跡継ぎとして頑張らないと」

仕事、というものに対して真面目に向き合っている、と褒められることの多いそのセリフに、彼は顔をしかめた。

「会社の恩恵で育った子供…か」

と呟いた。

「ありがとう、美味《おい》しいコーヒーだったよ」

そしてすぐに立ち上がってしまった。

「もう帰るの？」

「ああ。『さよなら』だ」

「玄関まで送るよ、カギかけなきゃならないし」

カップをそのままに二人で玄関へ向かう。離れに向かうには、一旦《いったん》この家を出て庭から回って行かなければならないからだ。

快活というほどではないけれど、いつもはもう少し会話が弾《はず》むのに、今日は余程疲れているのだろう。

「明日の朝はこっちでご飯食べる？」

「いや」

「ここのところずっと自炊なんだね」

「ああ。あまり世話になってもね」

「誰かに何か言われた？」

「いや、自分のけじめだ」

「三上さん、真面目だなぁ」

上《あ》がり框《かまち》を下り、靴を履く彼の背中。振り向くと、自分より背の高い彼の顔と目線が同じになる。

それが何だか嬉《うれ》しくて、つい微笑《ほほえ》んでしまった。

「おやすみなさい」

今日はどこかよそよそしいから、別れの挨拶《あいさつ》だけでもしっかりしようと言葉を口にすると、三上さんは手を広げて俺を抱き寄せた。

別れの挨拶とはいえ、いつもそんなことしたことないのに。

「おやすみ」

微かにコロンの香りが鼻をくすぐったと思った時には、もう離れていた。

余韻はなく出て行く姿に、胸がドキドキしていた。子供の頃ならいざ知らず、育ってから抱き締められたのは、誕生日の時以来だった。

「びっくりしたなぁ、もう」

抱擁は決別の儀式だったのに、気づかず素直に喜んでいた。

「三上さんも、俺を好きになってくれればいいのに」

淡い恋が、もしかしたら実る道があるのかもしれないなどと考えていた。

そして俺は自分の手で彼が出て行った扉にカギをかけたのだ。様子がおかしいと思っても、追いかけて彼に何があったのか尋ねもせずに。

彼がいなくなったと知ったのは、翌朝、時間になっても父さんを迎えに来ない彼を呼びに行った家政婦が、父さん宛《あて》の封筒を持って戻って来た時だった。

白い封筒に入った一枚の便せんを見て、目の前でみるみる顔を赤くして怒る父親は吐き捨てるように彼の名を口にした。

「三上め！」

「父さん？　三上さんがどうかしたの？」

「出て行った」

「え？」

手紙は破り捨てられ、ゴミ箱へ投げ入れられた。

「猪股《いのまた》を呼べ！　すぐに会社へ行く」

古参の秘書の名を口にして出て行く父さんは、俺を振り向きもしなかった。

俺はすぐにゴミ箱を漁《あさ》り、丸められた紙片を広げて繋ぎ合わせると、そこには短い文が記されていた。

『全てを知った。その意味を噛み締めて待つがいい』

それが彼との別れだった。

それが彼の、別れの言葉だった。


閉ざされた部屋での生活は、常識から逸脱したものだった。

最初の一週間ほどは、毎日のように彼に凌辱《りょうじょく》された。

道具を使われることもあったが、それで身体が慣れたとみると、今度は彼自身に抱かれるようになった。

それでも、器具は色々使われた。

バイヴやローターや、コックリングなど、アダルト雑誌でしか見たことのないようなものが、次々と俺の身体で試された。

最中にはいつも手を拘束され、彼にしがみつくことができないようにされた。

足や首への拘束は、彼が出入りする時のためだけに使われ、部屋の中では自由に行動することができたが、外界との接触は遮断されたまま。

暖房をつけたままの生ぬるい部屋で、襦袢一枚で過ごす。

襦袢は彼が来る度に新しいものを与えられたが、一週間過ぎた後には普通のシャツとズボンを与えられるようになった。

キッチンに調理器具が増え、冷蔵庫には出来合いではない食材が足される。退屈だろうと、本やゲームも持ち込まれた。

監禁から軟禁程度にはなったということだろうか？

だが相変わらず彼は何も話してはくれず、コトが終わればさっさと帰ってしまう。

今、彼は何をしているのか。この部屋は誰のものなのか。父さんはどうしているのか。訊きたいことは山ほどあるのに、問いかける暇もない。

抱かれて眠り、起きて食事をしてまた抱かれる。

退屈な時間と苦痛の時。

快楽と悲哀。

更に日が過ぎてゆくと、カレンダーがない部屋では今日が何月何日なのかわからなくなっていった。

世界の全てが、三上さんを中心に回ってゆく。

彼がここへ来ることだけが、自分が生きている、生かされている意味になる。

変化の一つもないまま、ここで枯れてゆく。人形のように何も考えず、彼のためになるという犠牲的精神の俺と、俺を虐《しいた》げることで過去の鬱憤《うっぷん》を晴らす彼と、閉じた世界はそれだけで回ってゆく。

そう思っていたのに。

闖入者《ちんにゅう》は、突然やって来た。


その日は、朝から雨が降っていた。

磨《す》りガラスの窓からは街に降る雨は見えないけれど、ガラスに雨粒が当たる音が間断なく続いていた。

エアコンの稼働音が鼓膜に染み付き、気にならなくなってしまっていたから、雨音は新鮮にも思えた。

昼過ぎになると、音は激しさを増し、窓ガラスには幾筋もの水の流れが映ってきた。

こんな日は、何もしたくない。

大学の休みはもう終わっただろうか？

友人達は旅行へ行き、もう帰って来ただろうか？

俺と連絡が取れなくて、不審がったりしていないだろうか？

そんなことを考えながらぼうっとしていると、ドアの開く音が聞こえた。いつも三上さんが訪れるのは夜が多いのに、珍しい。

俺はベッドのある部屋にいたので、扉を開けてキッチンに向かった。

扉を開けると、そこには見たこともない男が立っていた。

ギクリとして立ち止まると、スーツ姿のその男が振り返る。そして射るような憎々しげな目で俺を見た。

「…どな…た？」

だがそれは一瞬だ。

すぐにその男は仮面のような笑みを浮かべ、頭を下げた。

「飛沢《とびさわ》様ですね？」

「え…？　ええ」

「初めまして。私、新堀《しんぼり》と申します」

「新堀…さん？」

「はい。三上様の秘書です」

「三上さんの秘書？」

「本日、社長は仕事でこちらに来られませんので、私が代わりに参上いたしました」

秘書？

三上さんに、秘書？

俺はもう一度新堀と名乗った男を見た。

歳《とし》は若いようだが、もちろん俺よりは上に見える。安くなさそうなスーツに身を包み、髪を後ろに撫でつけた眼鏡《めがね》をかけた男。

おとなしそうな風貌は、ハンサムな部類だろう。

「今日は、服と本と食品を持って参りました。もし必要なものがありましたら、申し付けていただければ次回にお持ち致しましょう」

心の内にじりっと灼《や》けるような痛みを感じる。

「次回って…、三上さんはもうここには来ないんですか？」

彼は一人だと思っていた。

誰にも助けを求めることもできずに、孤独の中にいるのだと。

「お仕事がございますから。いらっしゃれない時もあります」

けれど、そうではないのだと言われた気分だった。

俺のことを託せるような人間がいるのだ。一緒に仕事をする者がいるのだ。

過去を全て捨てても、新しく作ればいいだけのことだ。むしろ新しい場所でなら、友人でも恋人でも、いくらでも作り放題じゃないか。

「仕事って…、何です？」

ダメ元で尋ねると、新堀は唇の端を痙攣《けいれん》させた。

「仕事は仕事です」

「何をしてるのか、と訊いたんです」

「会社の仕事です。社長ですから、暇ではないんです」

「社長？　三上さんが？」

「そうですよ」

「何の？」

「何のって…、ご存じないんですか？」

「知らない」

「では教えることはできません。社長から、あなたの知らないことは教えるなと言われてますので」

「でも隠さなければならないことではないんでしょう?」

だがもう彼はこのことには触れないと決めてしまったようだった。

「そんなことより、何か不自由はございませんか?」

まるでいまの会話などなかったかのように微笑み、話題を変えてしまう。

「特にはありません」

俺の知らない三上さんのことを、彼は知っている。

彼は、この小さな空間の外で、三上さんの隣に立っていられる。犠牲など払わなくても、三上さんから信頼と好意を得ている。

そう思うと胃の辺りがきゅうっと締め付けられるように痛んだ。

嫉妬《しっと》だ。

自分が手に入れることができないものを手にしているこの男に対するジェラシーだ。

「…何か飲みますか?」

「いえ、結構です」

「そうですか。では俺はちょっと具合が悪いので、横にならせていただきます」

「どうぞ。私のことはお気になさらず。必要なものは何もないのですね？」

「何も」

俺は彼に背を向け、ふらふらとベッドルームへ向かった。

隣室に入ると、後ろ手にドアを閉じ、いつも三上さんが座っている白い椅子に腰を下ろし、崩れるように身を沈めた。

この部屋に、『外の世界』があることを突き付けられてしまった。ここで何が行われようと、それは所詮《しょせん》閉鎖空間でのことで、ここから出て行けば三上さんはそれを忘れることだってできるのだ。

あの、新堀という男と、三上さんはどんな会話をするのだろう。

新堀が三上さんを好きだと言ったわけじゃない。自分と同じ気持ちを抱いているわけではないだろう。

だが最初にちらっとだけ見せた俺を憎むような視線を思い出すと、様々な妄想が浮かんでしまう。

あれは、俺が三上さんの仇《かたき》だと知っていて、三上さんと同じ思いを抱いているのか。どんな形であれ、三上さんに抱かれている俺を蔑《さげす》んでいるのか。

何も知らず、上司の仕事の邪魔をしている者を疎《うと》んじているのか。

「飛沢さん。新しい服はクローゼットにかけておきますか？　それともご自分でなさいますか？　それならここに置いておきますが」

俺はちらりと彼へ目を向けた。

「そのままで結構です」

持って来た紙袋をいくつかそこへ置き、視線が俺の足に向かう。

まだ、足の枷《かせ》は付けたままだったので、そこで視線が止まる。

「変わった趣味ですね」

冷めたその言い方で、彼が俺と三上さんがここで何をしているのか、知らされていないのだとわかった。

「遊びです」

そのことにほっとする。

自分の惨めな境遇を知られていなかったという安堵《あんど》ではなく、これが自分と三上さんだけの秘密なのだと知って。

歪《ゆが》んだ優越感だ。

「あてつけですか？」

「あてつけ？」

「…いえ、何でもありません。それでは、御用がなければ私はこれで失礼致します」

「はい」

部屋を出て行く時、彼はそこに山積みされているゲームのソフトやＤＶＤを見た。欲しいと言ったわけでもないのに、三上さんが持って来てくれたものだ。

「…いい御身分だ」

俺に聞こえるか聞こえないかの小さな声。

顔を向けた時には、微笑んでいたが、そのセリフを言った時にはどんな顔をしていたのか。

新堀はそれ以上何も言わず、来た時と同じように静かに出て行った。

こんな部屋を用意できて、色々と買い与えてくれるのだから、三上さんが仕事をしていることは当たり前のことだ。

けれどそれを考えもしなかった自分が滑稽《こっけい》だった。

俺は、自分が見たことしか知らなかった。

彼が一人で苦しんでると、今もそうだと思っていた。けれど、彼にはもうその苦しみを共有する人物がいるのかもしれない。

今はいなくても、これから現れるかもしれない。

俺が、三上さんがいない時間、友人と楽しく過ごしていたように、彼だって誰かと楽しく過ごしていたかもしれない。

「俺のこと、何だと思ってるんだろう…」

それは三上さんに向けてではなく、新堀に向けての言葉だった。

外から施錠された部屋。

様々なものを与えられながら、拘束具を付けてふらふらしている男。

俺なら説明はできない。

「愛人？　だったらいいのに」

チャリっと音をさせて足を引き上げ、膝を抱える。

雨の音はまだ聞こえていた。

三上さんは、今、仕事をしている。仕事の最中は、俺のことなど忘れているだろう。俺には彼のことしか考えることを許されていないのに。

寂しい。

一人でいることが、じゃない。彼と心が通じていないことが、だ。

新堀という第三者の出現は、心の中に僅《わず》かな恐怖を生んだ。

いつまでも、三上さんは俺だけにかまっていないかもしれない。外の世界で、彼が俺なんかより優先させる出来事がいっぱいあるかもしれない。

俺を憎悪の対象にしなくても、彼の傷を癒《いや》してくれる者が現れれば、三上さんは俺を解放し、忘れてしまうかもしれない。

そんな日が、遠くなく来るのでは？

別れを恐れても、何も対処することはできない。

それもまた、寂しいことだった。


翌日、部屋を訪れる者は誰もいなかった。

鬱々《うつうつ》と過ごす一人の時間。

三上さんは、毎日ここを訪れていたが、昨日の新堀の出現と、今日の空振りで、彼が来ないときもあるのだと強く思い知らされた。

それは寂しさだけではなく、自分に正常な思考を呼び起こさせもした。

彼がいつ来るのか、何をされるのかということだけで占められていた思考が、やっと外の世界にも向いた。

ここへ来てから、どれだけの時間が経ったのだろう。

回遊する魚のように、果てのないループを繰り返していたから時間の感覚も失っていたが、もう何カ月かは経っている気がする。

少なくとも、一カ月以上は過ぎているだろう。

いくら家に戻って来ないと言っても、さすがに父さんも俺の不在に気づいているのではないだろうか？

ひょっとして、警察も動いているかもしれない。

だとしたら、俺が望むと望まないとにかかわらず、三上さんは犯罪者になってしまうのではないだろうか？

俺は…、ここから出て行くべきなのだろうか？

騒ぎになる前に、三上さんの立場が危うくなる前に、…捨てられる前に。

悩み続けて一晩が過ぎると、翌日の夕方、三上さんが現れた。

いつものように、まず有無を言わさず腕を拘束される。

最初の暴行で抗《あらが》う気力をなくしたから、柔順なんだと思っているでしょう。抵抗しても無駄だと諦《あきら》めたのだと思っているでしょう。

この敬虔《けいけん》さは、愛情故《ゆえ》だと、知らないでしょう。

お互い問うことも説明することもせず、同じことの繰り返しに慣れてしまったから、無言のままにされる作業。

「ここに立て」

と言われて壁の前に立つ。

彼のポケットから取り出した小さなカギで、足枷が外される。

ズボンの前が開けられ、中に手を突っ込まれる。

「今日は立ったまましてやろう」

キスは、しなかった。されたこともなかった。

愛しいと思っているわけではないから、当然なのだろう。

でもその代わり、お互いの性器は何度も口にしていた。

「…う…」

彼の手が、俺を揉みしだきながらゆっくりとソレを引き出す。

「触れると簡単に勃つようになったな」

それがまだ攻撃として有効であると信じて、彼が言葉で攻める。

「…み…かみさん…」

彼が跪《ひざまず》き、自分の視界から消えた時、俺は口を開いた。

「何だ?」

「父さんは…、どうしてるの…?」

俺のモノを咥えようとして近づいた唇が、先端に触れたまま止まる。

「俺を捜してる…?」

先に震えが伝わり、彼が笑い出す。

「捜されてなんかいるものか」

「…え?」

「ショックか?」

会話しながら、舌が先を舐める。

「安心しろ、父親がお前を愛していないというわけじゃないだろう。ただ、自分のことで精一杯だというだけさ」

手で支え、言葉の合間に一舐めする。

「お前をこんな目にあわせておきながら、元凶のあの男を放っておくと思ったか?」

問いかけられて、そう思っていた自分に気づく。彼の憎しみは、好意があったからこそより強く自分に向いているのだと。憎しみしかない者はどうでもいいと思ってるだろうと、勝手に考えていた。

自覚はしていなかったが、今そうだと気づいた。

「言っただろう？　あの男が他人の功績を奪い、追い詰めたのは私の両親が初めてではなかったと。私は会社の内部にいたからな、調べることは簡単だった」

「……あ」

「姿を消す前に、資料は全部持ち出した。そして夜逃げした人間を捜し出し、あの男を訴えれば金が手に入り、逃げ回る必要はなくなると説得して証拠を揃《そろ》えたのさ」

いたぶるように、舌でちろちろと嬲りながら会話を続ける。

「お前の父親は、既に警察に捕まった」

「…え」

「詐欺と窃盗だ。判決が下っても、大した刑にはならないかもしれないな。だが、損害賠償の請求で金は吐き出さざるを得ない」

指で、先を擦られ、快感を呼び起こされる。

「裁判になっても、かならず負けさせてやる。その準備はある。微罪扱いにしても、社会的地位も失うだろう」

快感に慣れた身体がすぐに呼応する。

「何より特許を奪われれば、これから先飛沢インダストリアルが生き延びる術《すべ》はない」

だが俺はそれを抑えて叫んだ。

「…社員だっているのに……っ！」

その途端、そこに噛み付かれた。

「イ…っ！」

強く、というほどではないが激痛で、一瞬にして萎《な》えてしまった。

「そんなことはわかっている！」

立ち上がった彼と、蹲《うずくま》る俺。

「彼等は死ぬわけじゃない。苦労はしても、次の仕事だって見つけられるだろう。彼等自身が裁判を起こして、飛沢から身ぐるみ剝がして金を奪うことだってできる。お前のところには蓄財もあれば、会社も、豪邸もあるからな」

怒りに燃えた声の響き。

俺は地雷を踏んでしまった。

心優しい彼だもの、そのことに考えが及ばなかったはずはない。そしてそれにだけは、後悔と懺悔《ざんげ》があったのだろう。

なのに、この俺からそれを指摘され、カッとなっている。

「そんなことより、自分のことを心配したらどうだ？」

三上さんの裸足《はだし》の足が、引き出された俺のモノの上に置かれ、強く押さえ付けられる。

「…クッ」

噛まれた痛みの上から塗り重ねるような圧迫感。だが踏みしだかれることすら愛撫となってしまう浅ましい身体。

「友人も、親戚《しんせき》も、もうお前達親子とかかわりあいになりたくないと思っているだろう。同じ穴のムジナと思われたくはないからな。面倒ごとを避けるのは人の常だ」

「…あ、…あ……」

「お前がここを抜け出しても迎えてくれるところなどないぞ。捜してくれる者もいない。みんなお前が難を避けるために姿を消したと思っているだろうから」

「や…、痛い…。三上さん…」

「お前を捜しているのはせいぜいブン屋かゴシップ誌の記者ぐらいだ」

「い…」

「どうした？　踏み付けられて気持ちがいいか？　私の足の裏が汚れたぞ」

髪を摑んで立たされ、顔を覗《のぞ》き込まれる。

「淫売《いんばい》に成り果てたな」

そのままベッドに投げ飛ばされ、顔からベッドに突っ伏す。

けれどベッドの上に乗ったわけではなく、足は床についたままだ。

「それでいい。お前は父親のことなど考えられないくらい、快楽に溺《おぼ》れればいい」

いつもは、執拗《しつよう》なほど前戯をされ、ローションをたっぷりと使ってから挿入されていた。

頭が沸騰するような快感の中、受け入れさせられていた。

だが今日は…。

「痛い…っ！　三上さん、止めて…！　入らない」

「『入らない』か、言うようになったな」

彼はベッドに引っ掛かったままの俺を背後から貫こうとした。

指で慣らすこともなく、いきなり彼のモノが宛《あ》てがわれる。

肉は彼を拒むけれど、強引に手で広げられて呑《の》み込まされた。

「あ…あ……っ！」

周囲の皮膚が対応できずに鋭い痛みが走る。

「他人を心配するゆとりなどないくらいに溺れてしまえ。お前は何も考える必要はない」

繋がった場所から感じる酸痛。

まだ彼も十分な硬さを得ていなかったのか、中でその形が変わってゆく。

「ひ…ぁ…」

「私が甘かったたな」

痛みの中、前を握られ、無理に勃起させられる。

「もう何も考えられないようにしてやる。お前が考えるのは気持ちいいことだけでいい。こうやって、私に抱かれて声を上げ、静かに暮らしていればいいんだ」

「いや……！」

便宜上ではなく、本心から叫んだ。

いつもがいいわけじゃない。けれどこんなふうに抱かれるのはもっと嫌だ。これは彼の慰めにもなりはしない。

俺には訊きたいことがあった。

今、あなたは何をしているの？　どんな人が周囲にいるの？　俺を犯すことで少しは楽になっているの？

だがその一つも訊けないまま、犯され続けた。

彼を咥えたまま俺が射精しても、彼はイくことができず、そのままもう一度責められる。

二度目の絶頂を迎えても、まだ彼は射精しなかった。

自分のものを引き抜いて、俺をあの白い椅子に座らせると、手摺りに足を掛けるように開かされ、果てるまで舐められた。

道具は一つも使わず、執拗なほど何度もイかされる。

ようやく三上さんが俺の中に放った時には、快感と疲労感の中で意識は朦朧《もうろう》とし、絶頂と共に意識を手放した。

「お前は何も考えるな…」

彼の命令のような、懇願のような言葉を聞きながら。

腰の痛みに、目を開けると、部屋は真っ暗だった。

またそのまま放置されたと思ったのに、横を向いた俺は驚いて固まった。

そこに三上さんの顔があったから。

じっとして闇《やみ》に目を慣らし、辺りを確かめる。

俺は自分のベッドに、ちゃんと布団をかけて横たわっていた。彼は同じベッドに寝ているのだ。

酷い時間だったから、三上さんも疲れたのかもしれない。

彼がこの部屋に泊まるのは初めてのことだった。まして同じベッドで横になるなんて…。

本当は、痛みを和らげるために薬でも塗ろうかと思ったのだが、少しでも動いて彼が目覚めてしまうのが怖かった。

きっと目が覚めたら帰ってしまうだろう。

こんなこと、もう二度とないかもしれない。

「…寝顔を見るのは二度目か」

風邪をひいて休んでいる時のことを思い出してふっと笑みが零れる。

睫毛《まつげ》が長い。

頬骨が少し張ってる。

つるんとした自分の顔と違って、男らしい顔だ。初めて会った時は綺麗な顔立ちだと思ったが、今はかっこいい顔だ。

俺は息を殺し、じっと薄闇の中で彼を見つめた。

一緒に眠ってくれるぐらいには、嫌われていないのだろうか？　それとも、単にこの部屋に他のベッドがないからだろうか？

もう一つある開かずの部屋は、彼が泊まるためのものだと思っていたが、使われた形跡はなく、どうやら荷物置き場になっているようだったから。

それでも、この千載一遇のチャンスに、身を擦り寄せた。

今だけ。

今だけだ。

何もしてくれなくていい。ただ側《そば》にいてくれるだけでいい。眠っている姿は、昔と同じだから、一時過去に戻ったようで嬉しかった。

「…う」

闇に彼の声が響き、そんな幸せな気分は消し飛ぶ。

起きるのかと身を固くして、もう一度寝入ってくれるようにと祈った。

「…で…」

彼の手が、突然宙に伸びる。

「なんで…、父さん…」

搔《か》き毟《むし》るように、すがるように、うろうろと彷徨《さまよ》う。

「う…」

見ると、彼の眉根に皺《しわ》がより、苦悶《くもん》の表情を浮かべている。

「とう…ん…、かあ…」

夢を、見ているのか。彼の亡くなった両親の。いや、両親の亡くなった時の夢だ。

彼の瞼《まぶた》の裏には首を吊《つ》った両親の姿が映っているのだ。この手は彼等を捉《とら》えようとしているのだ。

それを思うと自分の胸が苦しくなって、俺は寝返りを打ったフリをして思いきり彼の顔に腕を打ち付けた。

「う…っ！」

痛みで目が覚めたのか、三上さんが俺の手を取って身体を起こす。よかった、悪夢から逃してやれた。

「…夢」

投げ返されるかと思った腕は、そっと布団の中へしまってくれた。そして熱を計るように額に触れた。

離れる指。

響く長いタメ息。

「…クソッ」

声に出す短い声。

薄目を開けて見ると、頭を抱えて蹲る彼の丸めた背中が震えていた。

…泣いている。

声を殺して、彼は泣いている。記憶が、未だに彼を苦しめているのだ。今もその光景が忘れられないのだ。

それは彼の憎しみが今も残っている証《あか》しだ。

暫くじっとそうしていた後、三上さんは俺を起こさぬようにそっとベッドを下りた。

「憎まずにいられるはずがない…。だから…こうするしかないんだ…」

それが自分のことだというのはわかっていた。だからああやっぱりとしか思わなかった。悲しくても、ここで泣くわけにはいかなかったから。

泣く権利は、自分にはないから。暗闇の中で彼が服を身につけ、部屋を出て行っても、規則正しい寝息を続けていた。


彼の痛いところを突いてしまった俺の一言は、三上さんを相当怒らせたのだろう。

その日から、三上さんは暫く姿を見せなかった。

代わってこの部屋を訪れたのは、あの新堀だった。

事務的に届け物をして、慇懃《いんぎん》な言葉で応対し、すぐに帰ってしまう。

平穏と言えば平穏だが、これもまた辛かった。

この部屋という世界の、たった一つの支柱である三上さんを失ったのだから。

それに、どんなに礼儀正しくしても、丁寧な言葉で謙《へりくだ》っても、新堀の中には俺に対する侮蔑を感じていた。

三上さんの命令だから、仕方なくここに来ているのだ。でなければお前の相手なぞ誰がしたいと思うものか、という空気が溢れている。

「何か要望はありますか?」

と訊かれた時、俺は初めて頼み事をしてみた。

「…週刊誌を買って来て欲しいんですが」

父さんのことがどう報じられているか、知りたかったのだ。

だがそれは却下された。

「社長に、新聞、雑誌の類《たぐ》いは渡さないように言われていますから、それは無理です。知りたいことがあったらテレビでもご覧になっては? あれだけ大きいのがあるのですから、ゲーム以外にも使えますよ」

彼は、あのテレビが繋がっていないことも知らないらしい。

「あれはテレビじゃないよ。モニターだ。アンテナが繋がってない」

教えてやっても、彼はさして驚かなかった。

「どこまでも守られてるってことですね。だったらおとなしくゲームでもしていてください。

明日、新しいゲームを持って来て差し上げますから」

「一緒にお茶でもどう？」

「結構です。あなたと違って忙しい身ですから。ですが、お誘いには感謝しましょう」

感謝などしていないクセに、そう言えるところは優秀なのだろう。

新堀が出入りして、たった一つよかったのは、三上さんの仕事が何なのかわかったことだ。

もちろん、彼は何も言ってはくれなかった。

だが、買って来た食材を冷蔵庫に詰めている時、彼の携帯電話が鳴ったのだ。

「はい、新堀です」

新堀はちらりと俺を見ると、背を向けながら距離を取った。

俺は興味のないフリをして、彼の作業を代わって続けたが、耳は澄ましていた。

「ああ、小山《こやま》さん。お世話になってます」

何か少しでも情報が欲しかったから。

「いえ、三上は今韓国《かんこく》です。ええ、例のゲームの版権の件で」

…ゲーム？

「本当はクリエイターが同行した方がいいんでしょうが、今は納期が迫ってるので出せないものですから。はい…、はい…」

彼の視界に入らないように冷蔵庫の扉の陰で、わざとゆっくりと作業し聞き耳を立てる。

ゲームの版権ということは、ゲーム会社をやってるのか？

ゲームをしたところなど見たこともないあの三上さんが？

いや、クリエイターが同行するということは、彼自身はクリエイターではないということだろう。

経営者として、それに携わっているか、版権を扱う会社なのかも。

「ええ。今は競合社が多いですから大変です。ではまた配信の前にご連絡差し上げます。ぜひ取り上げてください」

会話はそれで終わりだったが、最後の『配信』という言葉で大体の推測がついた。

作っているのか、権利の仲介かはわからないが、携帯電話かパソコンのゲームを取り扱っているのだ。

確かにそれならば、うちの会社と被ることはあり得ない。どこかで関係者に会うこともないだろう。

それに製造業と違ってオフィス一つから立ち上げることができるから、金もかからない。

三上さんには自宅を売った金や、飛沢で働いていた時の貯金がある。設立資金はそれで十分だっただろう。

元々彼は優秀な人間だったのだから、パソコンだって自在に扱える。権利関係は、それこそうちの仕事としても、彼自身の調査のためにも明るいだろうし。

彼の仕事に興味が出たわけではなく、三上さんがこの部屋を訪れなくなった理由が俺の言動に怒ってではなく、仕事のせいだということにも少しほっとした。

仕事が終わったら、また来てくれるかもしれない。

今は来ない理由があるだけなのだ。

「代わります。私がやりますから」

扉の向こうから、新堀が声をかける。

もしかしたら、彼は今の電話をわざと聞かせたのかもしれない。社長命令だから説明はできないが、今のでわかっただろう、と。

だがそうだったとしても、それは俺のためではないだろう。社長はお前だけにかかわっていられない忙しい人なのだというアピールに違いない。

「…どうぞ」

手にしていたピーマンを渡し、俺はその場を譲った。

彼の意図がどうであっても、関係ない。三上さんのことが知れたことは感謝しておこう。

早く三上さんの仕事が終わればいい。

そしてもう一度ここを訪れて欲しい。

どんな日にあっても、彼と会いたかった。

彼のことだけ、考えていたかった。


だが一週間過ぎても、十日過ぎても、部屋を訪れるのは新堀《しんぼり》だけで三上《みかみ》さんは来なかった。

その新堀の来訪も、毎日ではなくなったので、仕事が忙しいのだろう。

でも、一人で放って置かれることは辛《つら》い。

彼の思惑通り、俺はもうどっぷりとこの生活に浸《つ》かっていた。

三上さんが訪れて俺を相手にする。それが当たり前の日常になってしまっていたので、彼がいないことが不安でしょうがなかった。

セックスに関しては、抱かれることはどうでもいいと思っていた。元々そういうことに熱心ではなかったから。

けれど恋心から、彼を思い出して身体が火照《ほて》る日もあった。

他の誰かに抱かれることは望まない。

でも三上さんなら…。

頭の中で彼の手を思い出し自慰をして済ませはしたが、その後にはいつも軽い自己嫌悪に襲われた。

報われない気持ちを、性行為に置き換えてる自分が惨めだと。

本当は愛されたいんだろう?

好意を向けて欲しいんだろう?

優しく見つめられたなら、手を繋《つな》ぐだけでもいいんだろう?

でもそれが手に入らないから、記憶に刻まれた彼の手を、セックスを思い出して浸っているだけなのだ。

もう、二度と二人で出かけることはないのだろうな。

約束した一緒に飲もうなんてことは、実現不可能だ。覚えてさえいないだろう。俺はもう酒の飲める歳《とし》になったのに。

待つことが辛くて、新堀に酒を買って来て欲しいと頼むと、露骨に嫌な顔をされた。だが相変わらず彼はわかりましたと言って翌日には安くない酒を持って来てくれた。

独り寝の夜を、その酒で紛らわす。

最初のものは、酒を飲むのは久しぶりだったこともありすぐに空けてしまった。二本目を頼むと、今度は意匠を凝らしたボトルが渡された。

「新堀さんは、趣味がいいね」

褒めたつもりだったのだが、彼は何も言わなかった。

三上さんは、もう来ないのではないかという不安。未だ彼を捉《とら》えている悪夢が、もう自分にかかわることすら遠ざけるのではないか。怒りが収まっていないのではないか。一人だとそんなことばかり考えて酒に手が伸びた。

ただ、三上さんを好きなだけなのに、どんどんと自分が崩れてゆく。

彼を癒《いや》したい、心の傷を何とかしてやりたいと思っていること自体が、愛情ではなく自分の置かれた状況をごまかしている言葉なんじゃないかとさえ考え出してしまう。

確証が一つもないから。

そんなある日、やっと夜にドアの開く音が聞こえた。

もう遅い時間。

ここのところ習慣になっていた酒に酔い始めた時間。

新堀はいつも昼間にしかやって来ないので、絶対に三上さんだと思って胸弾《はず》ませた。

だが、音高く扉を開けて入って来たのは、新堀だった。

「珍しいですね、夜に来るのは」

がっかりした気持ちを隠してそう言うと、彼はテーブルの上の酒のグラスを見て、足枷《あしかせ》の付いてる俺の足を見た。

「すぐにここを出ます。そのくだらないものを外してください」

「…ここを、出る？」

俄《にわか》に信じがたいセリフだ。それを彼が言うことにも違和感がある。

だが、ここを訪れる時、入ってすぐに施錠される扉は、彼の背後で開け放たれたままだ。

「三上さんは…」

「社長はここには来られません」

「俺がここを出ることを知ってるんですか？」

「知ってるに決まってるでしょう。彼の命令なのですから。とにかく、一緒に来てください。あなたが逃げてたら、殴ってでも逃さず連れて来いと言われてるんです。…殴ったりはしませんけど。さあ、その足を外して」

鍵は三上さんが持っているのだから外せるわけがない。

でもそれを新堀には言えなかった。三上さんと俺との関係は、二人だけの秘密だから。

「この間なくしてしまったんです」

再び彼が舌打ちする。

「持って行きたい荷物は？」

「特には」

「結構。では行きましょう」

ここを出る。

この部屋から出される。

しかも三上さんによってではなく、新堀に。そのことが余計、現実味を損なわせている。

「早く」

だが現実だった、リアルだった。

初めて見る施錠されていた扉の向こう。

そこには短い廊下があり、本当の外へ続くドアがあった。扉の向こうはすぐ外だと思っていたのに。

玄関にはちゃんと俺の靴が置かれていた。

あの夜、岡本達と飲んだ時に履いていたあの靴だ。他にも、二、三足、俺の足のサイズに合いそうな真新しい靴も置かれていた。これは…、俺の靴？

出掛けることなどなかったのに。

一瞬迷ったが、自分の靴を履いた。

玄関のドアを開けると、まるで追っ手でもいるかのように、新堀が辺りを見回す。

外の空気は既に生暖かく、上着の必要がないどころか、日中なら長袖《ながそで》の者はいないんじゃないかと思うほどだった。

長い時間が経ったのだ、ここへ連れて来られてから。

「いいですか、振り向かずに付いて来てください。誰かに声をかけられても立ち止まらないように」

廊下には人影などなかった。

けれど新堀は注意を怠らなかった。

足枷の間に渡した鎖が、床に擦《こす》って音を立てると、イライラとした様子で「鎖は手に持って歩いてください」と命じられた。

エレベーターの表示で、ここがこの建物の八階であったことも初めて知る。

機械でコントロールされていない空気。

見たこともない風景。

解放を感じ、不思議な昂揚《こうよう》感に包まれる。

それをどうとったのか、エレベーターの中で新堀は言い放った。

「社長はあなたが逃げ出すかもしれないと言ってましたが、それほどのバカではないことを祈りますよ」

一階に到着すると、彼はそのままスタスタと駐車場へ向かった。歩きにくい俺は少し遅れてついてゆく。

彼が立ち止まった車はグレイのセダンだった。

「乗って」

助手席の扉を開けて待っていた彼は、俺がまだちゃんとシートに座る前にドアを閉め、自分も運転席に乗り込み、車をスタートさせた。

駐車場を出ると、フロントガラスの向こうに世界が広がる。

外の世界だ。

ほんの少し前まで当たり前だった風景が、新鮮なパノラマとなって流れてゆく。

街は夜に沈み、明かりは乏しかった。人影もまばらだ。

けれど俺には十分だった。

閉じていない世界だ。どこまでも続いている世界だ。しかもあの部屋を出て向かう先には、きっと三上さんがいる。

あの部屋を出るのは別離の時だけだと思っていたのに。

「子供みたいにキョロキョロしないで、身体を沈めてください」

バックミラーに目をやって、新堀が命じる。

「どうして?」

「『どうして』?」

大した質問でもない。事情の説明なく連れ出されたのだから当然の疑問だろう。なのに彼はもう我慢ならないというように声を荒らげた。

「記者に見つかったらまずいからに決まってるでしょう」

「記者?」

「新聞や雑誌の記者ですよ。わかってるでしょう」

「どうして?」

彼は後ろを気にしながら横合いの細い道に車を入れ、停《と》まった。

「あなたがどれだけお坊ちゃまだったか知りませんが、もう大学生でしょう。自分の父親が何をしたか知らないんですか?」

完全に怒っている。

でもその理由がわからない。

「…警察に、捕まったんでしょう」

「そうですよ。新聞もテレビも、皆あなたの父親のことでいっぱいです。友人の会社を乗っ取ったり、書類偽造して詐欺まがいのことをしたり。金と権力の亡者のように書かれてます」

父さんのことはこの間聞いたが、そこまでとは…。

「飛沢《とびさわ》は業界では大きな会社でしたし、あなたの父親が握っている特許はいくつもの会社が使用しています。海外でも使われている。その権利が誰のものなのか、誰のものになってゆくのか、注目の的です」

理屈はわかる。

新堀の言う通りだ。

「でもだからと言って何故《なぜ》俺が記者に追われるんです?」

「あなたの父親が警察に捕まっている以上、事情を訊《き》ける人間があなたしかいないからに決まってます。会社の関係者も、皆既に任意同行も含めて警察が張り付いてますからね。ところがあなただけは行方《ゆくえ》がわからない。三上社長のお陰で」

『お陰』と、彼は言った。

「正直に言ってあげますよ。私はあなたが好きではありません。嫌っていると思ってもらって結構です。あなたの父親が社長のご両親にしたことを考えれば、あなたは社長の側《そば》にいるべきではない」

指摘されて、ギクリとする。

「知って…、いるんですか?」

だから、彼は最初から俺に対してよい感情を持っていなかったのか。

「当然でしょう。逮捕されたニュースの時に全《すべ》て流れました。あの方は可哀想に、過去のことを色々ほじくり返されて…。なのにあなたはどうです? 社長に守ってもらいながら酒を飲んでゲームをして。どうして身を隠さなければならないのかと訊く始末です」

「三上さんが…、そう言ったんですか?」

「はっきりとは言わなくてもわかります。いくらまだ学生で可哀想だからと言って、マスコミの手から仇《かたき》の子供を守ろうだなんて」

守る…。

「新聞や雑誌を遠ざけて、あなたに親を悪《あ》し様に罵《ののし》る記事を見せないようにしてやったり」

守る?

「何でも買い与えてやれと命じたり。あなたが着ているその服も、あなたが飲んでいた酒も何もかも社長が支払っているんですよ? もうあなたに自由になる金はありませんからね。飛沢の財産は裁判所が凍結してるんです」

三上さんが俺を?

「忙しい時間を縫ってあなたに会いに行ったり、マスコミから守ったり。もしあそこに匿《かくま》われていなかったら、あなたなんか朝から晩までレポーターに追い回されて、彼等が望む答えを口にするまで同じ質問をされ続けてたでしょうね」

…いや、新堀は一つだけ事実を知らない。

「なのにそんな枷など嵌めて、嫌みったらしい。感謝ぐらいしたらどうですか？」

俺が彼の憎しみをこの身体で受けていることを。だからこんな言葉が出てくるのだ。

「三上さんには…、感謝してます」

「口先だけだとわかるセリフですね。もういいです。あなたと話をしていても仕方がない。先を急がないと」

再び車にエンジンがかかり、走り出す。

「どこへ行くんです？　あの部屋は隠れ家だったんじゃないんですか？」

「あそこはもう安全じゃないんです」

「何故？」

俺を逃がさないために、あの部屋は完全に密閉されていた。窓から覗《のぞ》き込むこともできないし、二重の扉では入って来ることもできない。

もしも新堀の言う通りだったら、あの部屋こそが一番安心できる場所ではないのか？

「飛沢の権利関係を過去に扱っていた弁護士が、あのマンションの三階に移って来ることになったんです。全くの偶然ですが、これで記者達はその弁護士を追って、遠からずあそこへ現れるでしょう」

そんなことが…。

「そんなところへ社長が出入りしていると知られたら、あなたのこともいずれバレてしまう。あそこではあなたを守り切れないと判断したので、移動するんです」

「どこへ？」

「あなたは知る必要がありません」

「新堀さん」

「少し黙っててください。私はあなたと必要以上に会話をしたくはない。他人に甘え、責任回避をしてのうのうとしてるバカ息子とはね」

そして彼は言葉通り、もう口を開かなかった。

まっすぐ前を向いたまま、夜の闇を疾走した。

車の一部のように、頑《かたく》なな沈黙を纏ったまま。

車が到着したのは、さほど遠くはない大きなマンションだった。

だがさっき出てきたものよりもずっと大きく豪華だ。

「その足…目立ち過ぎますね」

「ファッションですよ」

「……ばかみたいな格好です」

反論はしない。もし意味なくこんなものを付けて歩いている者がいたら、自分も同じような感想を抱いただろう。

「ここは…？」

「社長の自宅です。急でしたから、あなたの行き先を用意している暇などなかったんです。それでなくともやっと仕事が一段落ついたばかりなのに」

そしてタメ息。

「行きますよ」

駐車場に停めた車から降り、人の姿がないことを確認してからエントランスを速足で駆け抜け、エレベーターに乗る。

箱は五階で止まり、そこでも一旦《いったん》新堀が廊下に人影がないのを確認する。今度は記者というより、ご近所の目を気にしてだろう。

新堀は廊下の一番奥、角部屋のドアの前まで行き、玄関の扉の横にあるインターフォンを押し、自分の来訪を告げた。

「新堀です」

『……今開ける』

三上さんの声がスピーカーから聞こえ、すぐに内側から扉が開く。

「お連れしました」

出て来た三上さんは、新堀を見て、俺を見た。

「…来たのか」

驚いたような表情。ここに俺がいるのが信じられないというような。

「…連れて来られたので」

「そうか…、そうだな。他に行く宛《あて》もないんだ、来るしかないな。…新堀、向こうはどうだった？」

「まだ記者らしい姿はありませんでした。引っ越しは明日だそうですから、危機一髪ですね」

「すまなかったな、面倒をかけて」

俺には与えられない優しい声。

「いえ、仕事ですから。この後はどうなさいます？　木田《きだ》さんが待ってますが？」

自分の知らない名前。

「すぐに出る。下で待っててくれ」

「はい。では飛沢さん、失礼致します」

俺を好きではないと言ったのに、これが仕事だから最後まで丁寧に頭を下げ、エレベーターへと向かって行った。

「入れ」

腕を取られ、部屋の中に引っ張り込まれる。

中は、シューズクローゼットの扉がある広い玄関だった。

「新堀に、俺に閉じ込められて犯《おか》されていたと言わなかったのか？」

「どうして？」

「どうして？」

「…そんなこと言わない」

「そうだな、俺を糾弾するより、お前の恥だな」

俺は『言わない』と言ったのだ、『言えない』と言ったわけではない。けれど彼は勝手に納得してしまった。

「来い」

そして俺の手を取ると、奥へ進み、リビングへ連れ込んだ。

一人暮らしとは思えない広い部屋。彼は、飛沢を出て成功したんだ。二年の間に、彼には新しい生活ができあがっているんだ。

「私はまだ仕事があるから出てくる。お前はここにいろ」

足枷だけでなく、予《あらかじ》め用意してあった首輪も付けられ、ガムテープでまた後ろに両腕を巻かれる。

「いいか、すぐに戻って来る。逃げるなよ」

そしてそのまま、俺を床へ倒し彼は慌てて出て行った。

さっきの新堀との会話からして、仕事で会社に戻るつもりだろう。

「逃げる、か…」

床を転がり、ソファを使って身体を捻《ひね》りながら起き上がる。手が付けないと起き上がることが難しいものなんだと、変なことに感心する。

三上さんの自宅だという部屋は、綺麗《きれい》に整えられていた。

リビングをぐるりと見回しても、彼の暮らしぶりがわかる。

シンプルだけれど、揃《そろ》えられた家具はみな上質のものだ。壁にある棚にはぎっちりと本が並び、彼の勤勉さも物語っている。

昔から、彼は本が好きだった。よく自分も借りたものだ。

その棚に、大切に飾られた一枚の写真があった。

何げなくそれを見た俺は、映った人物を見て目眩《めまい》を感じた。

少し古いスナップ写真。

意思の強そうな男性と、その妻らしいほっそりとした女性、二人の間に立つ学生服の少年。

その少年の顔は、初めて会った頃の三上さんによく似ていた。あの頃よりもっと幼さが残っていたけれど。

これは、三上さんだ。

三上さんと、ご両親の写真だ。

以前、うちの離れに住んでいた時には、こんなものは飾られていなかった。家族の写真を見るのは辛いからしまってあると言われたことがあった。なのに今ここにこれを飾るということは…。

三上さんが亡くなったご両親の写真を見ることが辛くなくなったということではない。あの夜、悪夢にうなされた彼は、今だって過去に苦しめられているはずだ。

では何故か。

俺には誓いに見えた。

忘れないように、復讐《ふくしゅう》を実行するという誓約の証《あか》し。

取りも直さずそれは自分への憎しみが消えていないということだ。

この写真が、過去が、俺を拒絶する。

目を逸《そ》らし、俺はその場を離れた。

この部屋に居たくない。自分が悪いわけではないのに、彼の両親の写真に糾弾される気がする。

彼等が死に至る原因は、俺には全く関係のないことだと、胸を張って言える。それくらいには俺はドライだ。

けれど、彼等が道連れにしなかった大切な息子に、こんなことを、他所《よそ》様の子供に足枷を付け、首輪を付け、両腕を縛り、セックスという名の暴力を繰り返させていることには、俺に責任があるから。

今、この部屋から逃げ出すことは絶対に不可能なことじゃない。

手なんて、縛られていたって指が自由に動くのだからそれで扉もカギも開けられる。

無様な格好だと言ったたって、最初の頃のように裸同然の襦袢《じゅばん》でうろうろさせられていたのとはわけが違う。ちゃんと服は着ている。

なのに逃げ出さずにここに残っているから、彼は俺を襲い続けなければならないんだ。

新堀が通い始めた頃から、そのチャンスはあった。

彼が空手や合気道の有段者でもない限り、闘ってボコることだってできただろう。事情を話して逃がしてもらうこともできたかもしれない。

そういうことをしないで、あの部屋に残っていたから、彼は俺を襲い続けたのだ。

「…ごめんなさい」

そのことに対しては、謝罪しなければならない。

浅はかでごめんなさい。浅ましくてごめんなさい。

望んですることではない限り、傷つけられるより、傷つける方が辛い。

三上さんは俺を傷つけて、本当に楽になっただろうか？

彼の憎しみのはけ口が必要なら、それを自分が受け入れることで彼が楽になるならと、この役を続けていたけれど、それはいたずらに彼を苦しめているだけではないだろうか？

目眩がした。

三上さんに暴行された時より、今胸に湧《わ》き上がってくる疑問の方が辛い。

リビングからふらふらと出てキッチンに向かう。

喉《のど》が渇いて、水が飲みたかった。

「キッチンは…」

部屋の間取りがわからず、適当に開けるドア。

そこは彼の書斎のようだった。

デスクとパソコン。

リビングよりもいっぱいに並ぶ本。

脱ぎ捨て、椅子にかけてある上物のスーツの上着。

三上さんの今の生活。

「…気持ち悪い」

忙しく没頭できる仕事があり、信頼してくれる部下がいる。

社長の肩書を手に入れ、豪華なマンションで暮らすだけの財力がある。

父さんを警察に突き出し、一番の恨みは果たせただろう。

それでは、俺がここにいる理由は?

俺はここにいていいのか?

ひょっとして、彼が正常に戻ることを、全てをリセットして新しい生活を迎える邪魔をしているのは、俺という存在じゃないのか?

二人だけで過ごしたあの閉ざされた部屋を出て、現実を知った途端、俺は不安になった。

空回りして、彼を苦しめている根源は自分ではないかと。

「…水」

やっと見つけたキッチンでふらつき、テーブルにしたたか腰を打つ。

上に載っていたカップが転がり落ち、床で砕け散る。

「痛ッ」

そのままシンクへ向かうと破片を踏んでしまった。

回すのではなくハンドルタイプのカランを口で動かし、蛇口から流れ出た水に直接口を付け、ごくごくと飲み続ける。

自分が酒を飲んでいたのだということをこの時になって思い出した。

だから喉が渇くのだ。

だから目眩がするのだ。

そういうことにしよう。

「三上さん…」

顎で水を止めると、俺はその場に頽《くずお》れた。

酔っていたから、眠りに身を任せた方が楽だと思って。

これ以上何かを考えるのが怖くて。

「それでも好きなんだ…」

「一水《かずみ》！　一水！」

軽く頬《ほお》を叩《たた》かれ、目を開けるとそこに三上さんの顔があった。

「み…かみさん…？」

「大丈夫か？　どこか痛むか？」

「…大丈夫」

眠っていただけ、と答えるより先に、彼は俺を抱き上げた。

「……クソッ」

悪態をつきながら、ベッドルームへ運ばれる。

寝起きの頭でぼうっとしていると、首輪が外され、確かめるようにそこを撫《な》でられる。

ああそうか。

急いでこれを嵌《は》めていったから、きつくて俺が昏倒《こんとう》したと思ったのか。殺人はしたくないとずっと言っていたものな。

「大丈夫…」

俺はもう一度繰り返した。

頭を撫《な》でてあげたいけれど、手はテープで固定されたままだからできなかった。

だが正面からいきなり抱き締められ、それに驚いている間にテープが破られる。足枷もすぐに外された。

「痛むか？」

足を持ち上げられる。

さっきカップの破片を踏んだんだっけ。

「少し」

彼はすぐに薬箱を持って来て、俺の足の裏に消毒薬を塗った。

「イッ…」

ピリっとした痛みが走る。

「我慢しろ」

彼の手にあるガーゼに、赤い血の色が見える。結構切っていたのか。

「…心配されてるみたいだ」

「意識を失って倒れていれば誰であっても心配ぐらいはする」

「…そうだね。こんなところで死なれたら迷惑だものね」

俺はベッドに座り、彼もベッドに座り、その膝《ひざ》に俺の足を載せて治療をしてくれた。消毒し、薬を塗り、ガーゼを当てて少し大袈裟《おおげさ》にも包帯でそれを固定した。

ただ破片で切っただけなのに。

それともそんなに大きな傷なのだろうか？　痛みは感じないけれど。

黙ったままこうしていると、昔を思い出す。

でも…。

俺は言わなければ。訊かなければ。

「…三上さん」

「何だ」

「どうして、俺を追い出さないの…？」

俺の問いかけに、彼は驚いたように目を見張り俺を睨《にら》んだ。

「逃げたいのか」

「違うよ。マスコミが俺を捜してるんでしょう？」

彼はそれを肯定も否定もしなかった。

「俺が憎いなら、放り出せばいいんだ。そうしたら俺はきっとその人達に揉《も》みくちゃにされて、酷《ひど》い目にあわされるから」

「そんなことはさせない」

「でも、俺が三上さんのところにいると、あなたの立場が悪くなるんじゃないの？」

「関係ない」

「でも…」

「関係ない！」

彼は膝に載せていた俺の足を投げ捨て、ベッドに押し倒すと、顎《あご》を掴《つか》み、上から覗き込むように顔を近づけた。

「お前はここから出さない。今更逃げ出したいと思ったのか？　あの部屋から連れ出されて、自由になれると期待したのか？」

「そうじゃない！　そうじゃない…。ただ、俺を痛め付けることで、三上さんが過去を忘れられなくなるんじゃないかと…。忘れた方がいいのに、俺がいるから…」

「忘れたくはないし、忘れられるわけがない」

「わかってる。そんな簡単なものじゃないって」

今もあなたがうなされていることを知ってしまったから。

「でも、三上さんにはもう新しい生活があるじゃない。俺なんかいない方がいい。俺が憎いなら、俺を苦しめる役は他の人に任せた方がいいんだ…」

「私を気遣ったふりをして逃げ出すのか」

「違う、もう終わりにした方がいいって…！」

もう、俺という対象がいなくても、あなたは傷を癒す方法を見つけられる。

俺の献身は、意味のない自己満足なんだ。それどころか、俺こそが足枷なんだ。

「終わりになどしない」

三上さんは、俺の顎を摑んでいる手を離した。

浮かんでいた怒りの表情も消えている。

「…飛沢の息子が憎い」

絞り出す声。

「お前が、憎い」

「…わかってる」

「憎いが、手放さない」

三上さんは身体を離し、視線を逸らした。

「お前は…、私のものだ」

「三上…さん…？」

「他の人間になど渡さない」

彼が退いてくれたので、俺も身体を起こす。

だが彼はこちらを見てはくれなかった。

自分から彼に手を伸ばしていいものかどうかわからなくてそのまま固まる。

「飛沢は憎い。事実を全て知った時、殺してやりたいと思ったほどだ」

三上さんは、拳《こぶし》を握り視線をそこへ落とした。

「それでも、自分を引き取ったことが罪滅ぼしだとするなら、忘れた方がいいのかもしれないとさえ思った。…お前がいたから」

彼は、もう俺を見ていなかった。見ないようにしていた。

「だが、調べ始めるともう止めることができなくなった。後から後から出てくる事実が、あの男に許される理由などないと教えたから。私の父が初めてではないと、最後でもないと知った時、あの男が俺を引き取ったのは良心の呵責《かしゃく》でも何でもないと確信した。そして、怒りと憎しみに捉われ、あの男を追い詰めることを決めたんだ」

言っていることは以前の告白と同じなのだが、声のトーンは全然違う。静かで、独白のように淡々としていた。

「一水を、…好き『だった』」

過去形の言葉。

それでも想像していなかった一言に、胸が締め付けられる。

本当に、俺のことを好きだったの？　それならどうしてあんなことを？　俺はあなたを好きと言ってもいいの？

仄《ほの》かに湧き上がる期待。

けれど続く彼の言葉は、簡単にそれを砕いてゆく。

「飛沢を憎んでも、一水は憎めなかった…。だが両親の苦しみと、私自身の屈辱。両親の死に様を思い出せば、お前を愛することはできない」

三上さんは、『愛する』という言葉を使った。好きだった、と言っておきながら愛することはできないと。

「お前を自由にして、他人に渡すこともできない。他の誰かと幸福になる一水など許せない。かと言って世間の嬲《なぶ》りものにすることもできなかった。私にできることは、お前を手元に置き、束縛することだけだ」

それでは、まるで俺に心があるように聞こえる。

俺を、自分のものにしたいから閉じ込めていたように。

「一水は憎めないが、飛沢の息子なら憎める、『憎まないわけがない』。飛沢の息子ならば、苦しめることができる。何も知らず、私の父の命と引き換えにのうのうと暮らしていた飛沢の息子ならば」

三上さんは、ゆっくりと、顔をこちらへ向けた。

その目は、どこか虚《うつ》ろで、複雑な色を湛《たた》えていた。

空虚と悲しみ、困惑と憎悪。

そして…。

その中に恋情も見えたと思うのは、都合のいい勝手な解釈ではないはずだ。

「溢れるほどの憎しみで、お前を堕《お》としてやる。お前は欲望のためだけに私に抱かれるんだ。他の誰にも渡さない。私はお前を愛せない。なのにお前は私で快楽を得るんだ。それがお前の苦しみになるんだ」

彼の言葉の真意が、痛いほど伝わってくる。

「逃がさない」

両親の無念を、忘れられないのだ、この人は。

誠実で真面目な人だったから、自分だけが幸福になることも、悪を為《な》した者を見逃すこともできなかった。それをしてはいけないと思っていた。

だから、俺を好きで、愛してくれていたとしても、俺と幸福にはなれないと決めたのだ。

両親を殺した男の息子とは恋愛してはいけないと思った。

けれど俺を愛してくれているから、蔑《さげす》む人々の前に引き出すこともできない。自分の愛する者を他人から傷つけられたくない。かと言って、愛しているからこそ他人に引き渡すことはできない。

甘い苦しみを与えると、彼は言った。

それは甘い幸福を与えることは両親の無念のためにできず、辛い苦しみを与えることは愛情故《ゆえ》にできないということだ。

暴行を受けながらも、俺は一度として彼に殴られたり切られたりしたことはなかった。

強姦《ごうかん》されても、快楽はちゃんと与えてくれた。力で押し切られたのは一度だけだ。彼の苦汁の決断に水をさした時、彼の行動が他の人間を苦しめることになると注意喚起をした時だけ。

そんなことはわかっている。

自分がどれだけ悩んで出した答えか、お前にはわかるまいという怒りに火を点《つ》けた時だけだった。

そしてその時だけ、彼は自分の横で眠ってくれた。

あれは疲れて眠ったわけじゃない。

後悔して、離れ難《がた》かったのだ。

言葉はなかった。

俺を好きだとか、愛しているとか、苦しめなければならないことが辛いとか。

俺と両親を天秤《てんびん》にかけなければならなかった気持ちをわかってくれとも。

でも、自分のものだから手放さないとは言ってくれた。

俺が、あなたを好きで、愛していて、その傷を持つ心を受け止めたいから、暴行を甘んじて受けているのだと言わないように、彼もまた口にはできないのだ。

「お前は苦しむべきだ」

仇の息子として。

「快楽に溺れるべきだ」

それだけしか、俺に与えられるものがないから。

そういうことでしょう?

彼の手が俺の首に伸びる。

締めるように、愛おしむように、撫で摩《さす》る。

俺は、好きだよ。そんな三上さんを愛さずにはいられない。あなたにそれを伝えたい。何をされても、どんなことをされても、その気持ちは変わらない。

でもわかってる。

もし俺がそれを伝えたら、あなたは苦しむって。

ここまでされても自分を慕ってくれる人間を、この手で傷つけなければならない自分は最低だと思ってしまうような人だって。

あなたが俺を愛しているが故にこの道を選んだという確証は手に入らない。それは俺の不安だ。

俺があなたを愛しているからここに残っているという確証は与えない。それがあなたの逃げ道になる。

だったら、俺は言わない。あなたにも訊かない。

「三上さん…」

真っすぐに見つめ合う瞳と瞳。

「『いや』」

目を逸らさないで言う言葉。

「『俺に触れないで』『これ以上苦しめないで』」

首にある彼の指が、微かに震えた。

その腕に触れ、強く握る。

「愛してると言ってくれない相手に抱かれることは、苦痛だ」

「一水……」

三上さんの顔が泣きそうに歪《ゆが》む。

俺の意図が伝わっただろうか？　それとも、言葉のままに受け取ってしまっただろうか？

黙ったまま、彼は二度、ゆっくりと瞬いた。

「愛せるわけがない。お前に愛は囁《ささや》かない」

それから、そう言って顔を近づけ、唇を重ねた。

「……ン…」

何度身体を重ねても、キスはしなかった。恋人ではないのだから、セックスは求め合っているのではなく痛め付けるための行為だからというように。

でも重なった唇が開き、舌が俺を求めて差し込まれる。

応《こた》える俺の舌と絡まり、卑猥《ひわい》な音を立てながら口づけを堪能している。

噛《か》み付くように、食《は》むように、交わるように。

腕は身体ごと抱き締めるから、俺も腕を回した。

そういえば、あなたはずっと俺を抱く時、俺の腕を自由にしてくれなかったね。

それは俺があなたを拒むのが怖かったから？　それとも、俺があなたをこうして抱き締めるのが怖かったから？　拒まれることも、迎えられることも怖かったから？

今となってはどちらでもいいことかもしれないけれど。

キスも、互いに抱き合いながら身体を重ねることも、大切な意味があるのだと思い知らされる。

触られていないのに、何一つ卑猥に言葉を投げ付けられたわけではないのに、身体が熱くなってくるから。

どんな行為より、相手が欲しいと思わせるから。

「ん…」

それでもキスは止めなかった。

三上さんも離れなかった。

これが『愛してる』の言葉の代わりだとでもいうように、二人ともずっと唇を重ねたまま自分の腕の中にいる相手を確かめ続けた…。


服は自分では脱がなかった。

それは迎え入れることになってしまうから。

わかっていても、建前が必要なんだ。

あなたが強引に俺を抱く。俺を苦しめるために。愛しているから愛されているから、身体を重ねているのではないという言い訳が。

でも、言葉にしなくても、優しく服を接《つ》いでゆく指先が、三上さんの気持ちを伝えていた。

「あ……」

下半身を露《あらわ》にされ、もう勃起《ぼっき》しているモノを口に含まれる。

キス一つで既にそんな状態の自分が恥ずかしくて、顔が熱くなる。

「一水」

最中に自分の名を呼ばれるのも、初めての気がした。

「や…」

動物が水を飲む時のような、舌の動く音が響く。

「だめ…、もう…」

「早いな」

「だって…」

気持ちが通じ合って抱かれているのかと思うと、感じることを抑制できないのだもの。

「いい、イけ」

「…離れて」

「ダメだ。このままイくんだ」

「やだ…。恥ずかしい…」

「いいから」

堪《こら》えようとする気持ちはあった。彼の顔がまだ俺のモノの前にあったから。でも、根元を摑まれ揉まれながら先に歯を当てられると、あっと言う間に三上さんの口に放ってしまった。

「う……。ごめんなさい……」

唇の端から零れる白い雫《しずく》を指で拭って顔を上げる三上さんが、笑う。

「お前も咥《くわ》えろ。私に奉仕しろ」

前を見せた彼のモノも、大きく勃ち上がっていた。

顔を寄せ、口を開き、その中へ取り込む。

彼の内股に両手をかけ、顔を埋め、舌を使う。

俯《うつぶ》せた身体の下に彼の手が滑り込み、指が胸の先を弄る。

「や…」

「こうされる方がいいだろう」

俺を弄りながら、彼もあっという間に射精した。俺は上手くそれを受け止めることができなくて、顔にかかってしまう。

俺を起こした三上さんは、それを見て脱がした服で顔を拭ってくれた。

「まだ終わりじゃないぞ」

その言葉に、黙って頷く。

近づけない同極の磁石のように、『愛してる』という言葉の周りを避けて。

ベッドに押し倒すと、彼はすぐに俺の中を求めて指を入れようと襞《ひだ》をまさぐった。

「濡《ぬ》らしてやらないとな」

「いや…」

「使われた方が気持ちいいだろう」

「いや」

これは本当の気持ちなので、俺は彼の首に腕を回してもう一度繰り返した。

「痛くてもいい」

「一水」

「痛くて、苦しくてもいい」

「……すっかり淫乱《いんらん》に成り果てたわけだ」

「そうだよ。もうずっとされ続けて、俺は誰でもよくなったんだ。好きじゃなくても、感じることはある。男だから」

あなたの逃げ道を用意してあげる。

言ってる間に、指が中に入り込み、入り口で蠢《うごめ》く。

「…っ」

「いいだろう。このままやってやる。脚を開け」

命じられるまま、俺は脚を開いた。

「今出したばかりなのに、もう膨らんでるぞ」

そのせいで彼の目に晒《さら》された場所を見て、彼が言った。

「私と一緒だ」

決定的な優しさは口にしない。

でも苛《いじ》めるような言葉を投げ付けた後に、フォローするように言葉が続く。まるで俺がその言葉を真に受けてしまわないよう心配しているように。

振り子のように、右と左とに大きく触れる。

「ここも軟《やわ》らかくなって、男を受け入れる身体になったたな」

と言った後に。

「私が、そうしたんだ」

と続けられる。

「う…、や…中…」

俺は素直に自分の感覚を口にした。きっとこのまま続けていては、快感に呑《の》まれて芝居ができない時が来てしまう。

だったら最初から全部本当のことを言おう。

俺は淫乱になったんだ。

これはあなただから感じてるんじゃなくて、愛してるから許容しているんでもない。ただ慣らされた身体が求めてるだけだから、三上さんは気に病まなくていいと言うために。

「そこ…、ビリビリするから…いや…」

「ここか?」

「……あッ!」

グリッと感じる場所を指で押され、開いた脚で彼を挟む。

「ここのようだな」

笑う声。

「前…も…」

「触って欲しいのか?」

「触って」

「先がいいか？」

「先が…いい…」

求めると、応えられる。

さっき放ったもので塗《まみ》れた先を指の腹で擦られ、思わずのけぞる。

「あ…、あ…」

「お前はもう誰でもいいんだろうが、この先もずっと与えられるのは私だけだ。私以外に抱かれることはない」

わざわざ教えなくても俺が感じる場所を全て知ってる指が、俺を責める。

「残念だな。色んな男を試したかっただろうに」

「…ひっ、あ…」

指は深く差し込まれ、ゆっくりと抜かれる。

絡み付く肉の感触を楽しむように、何度も。

「お前を貶《おとし》めるのは私だけだ」

愛の言葉にも聞こえるセリフ。

「他の男など教えてやらない」

それに身体が震える。

「だめ…、また…」

「ダメだ。自分で抑えろ」

「そんな…」

「自分で自分のモノを握るんだ」

「や…」

「一人でイきたいか?」

「や…」

俺は自由な手で、自分のモノを握った。

「そうだ。そのままでいろ」

指が抜かれて、彼が自分のモノを押し当てる。

「ふ…、バカみたいだな。私ももう勃ってる。…今夜は…、そういう夜なんだ」

「あ…!」

「望むと望まざると欲情する」

「い…っ」

「恋人じゃなくても、快楽を求めたくなるんだ」

最初の時よりも、俺の身体はあなたを迎えることに慣れている。でもそれはあなただけだ。

この先一生、三上さん以外など知らなくていい。

「お前もだろう、一水」

俺と繋がる人は一人でいい。

「手が…、動いちゃう…」

「私は止めていろと言ったんだ、自分でしろと言ったわけじゃないぞ」

「だって…、頭が…」

「仕方ない、手を離せ」

俺の手に重ねて、彼の手が俺のモノを握る。

「私がする」

「三上さ…」

「お前はただ『許して』と懇願していればいい」

強く握られ、射精をコントロールされる。

空いた自分の腕は、彼の手を握った。

「…許して」

俺の言葉に、もう一度彼が口づけてくる。

「許さない」

近づいた身体。

「許して…」

その首を捕らえてしがみつく。

「お前を苦しめるために手元に置いているんだ。優しくするためじゃない」

「いや…」

ずくっ、内側に彼が進んで来る。

「許して…」

許しを乞《こ》う言葉は真実だった。

彼に命じられたからではなく、心から許して欲しいと願った。

あの、リビングで見た写真立ての中の二人、三上さんの両親に向けて。

ごめんなさい。

俺が、こんな状態はおかしいと、俺は三上さんを愛していると、過去は忘れて欲しいと言うべきなのだ。

でもこの人はきっとそれに耐えられない。正常に考えれば、きっと俺の手を離し、どこか安全なところで一人で暮らしなさいと言うだろう。会わなければ苦しむことはないという答えを出してしまうだろう。

でもそれは俺が嫌なんだ。

被害者ヅラしていながら、俺は最初から彼を苦しめている。

最初の時に、俺が泣いて喚いて抵抗して、逃げる努力をしていれば、彼はここまで苦しめたのだからと逃がしてくれたかもしれない。

こういう行為ではない方法で俺を苦しめることを選んだかもしれない。

でもそれは俺が、嫌なのだ。

「…許して。あ…、あ…っ」

一緒にいれば、この先ずっと、三上さんが恋と良心の呵責に悩み続けるとわかっていながら、離れていけない。

こんな酷い状態のまま、彼を繋ぎ止めることに、許しを乞いたかった。

「…や…、動かないで…。動かれると…」

あなた達の大切な息子さんをこんな男にさせ続けることを。

「動かれると？　気持ちよくなり過ぎて困るか？」

過去を忘れさせて、ちゃんとした家庭を築けるように手を離すことができないことを。

「あ…、そんな…っ」

狂わせたまま囚えている俺を。

「許して…っ！」

どうか許して欲しい。

俺も、何もかも失くした。

社会的な地位も、友人も、社長としての明るい未来も、家族も。

想い合う幸福な恋も。

「許さない。一生」

だから、彼を、三上さんをください。

愛していると、言葉にして伝えないという罰を負うから。

「…許して……」

俺を押さえているはずの手に力が入り、咥えさせられたまま射精させられる。

繋がったまま抱き起こされ、彼の上に座るような格好でまた口づける。

胸を吸われ、また彼を締め付けると、冷笑と共に「若いな」と揶揄《やゆ》された。

大きいままのモノを引き抜かれ、手をついて後ろを向けと命じられる。

抱き合っていたかったけれど、俺はそれに従った。

「まだ私のモノの形に口が開いてるぞ」

「…ちが…」

「欲しいんだろう?」

「欲しい…」

「淫乱な男だ」

「あ…あぁ…、許して…ぇ…」

後ろから貫かれて、生理的な涙が零れる。

彼の腕は後ろから俺を抱き締め、肩口に優しい口づけが与えられた。

「…一水」

前には触れてもらえず、しゃくりあげるように後ろから突かれる。

「い…っ」

もどかしくて、自分で前を握ったが、促すことはしなかった。

彼がまだ自分を求めているから、その時間を引き伸ばしたくて。

でもそんな意識はすぐに消し飛んだ。

「あ…、いや…っ」

自慰をする余裕もなく、与えられる快感に溺れる。

何かを求めるように伸ばす手が、シーツを摑む。

それに重ねてきた彼の手が、しっかりと指を絡めて握り締めてくれた。

「…一水」

許して欲しい。

これが幸福だと思ってしまう浅ましい俺を。

何度でもひれ伏して謝るから。

どんな蔑《さげす》みも受け取るから。

「…三上さ…っ」

この人だけをください。

互いが失った全てのものと引き換えに、歪んでも尚《なお》手放せないこの恋をください。

「ああ……っ！」

それだけが望みだった。


もしも、父さんが『あんなこと』をせずにいたら、俺達はどんな出会いをしただろうか？

下請けの工場の社長の息子。

出会いは、いつか俺が大人になって、仕事に就くようになってからだったかもしれない。

でなければ優秀な彼を、父さんが家に招いた時かも。

俺はきっと、あなたを好きになる。

誠実で優しく、綺麗なあなたが好きだったから。

状況があなたを好きにさせたわけじゃないから。

でもあなたは俺を好きになってくれただろうか？　苦しみの中で出会った自分より小さいものじゃなくても、俺を好きになってくれただろうか？

もしそうならなかったら、俺は努力をするよ。

三上さんの視界に入るように。

少しでもあなたが俺に興味を持ってくれるように。

そうしたら、隣に立って、一緒に笑えるようになれたかもしれない。

俺が二十歳を迎えた時、一緒に酒を飲み交わすことができたかもしれない。

もう訊くことはできないけれど、十九の誕生日の夜、階段の下で俺を抱き締めてくれた時には、俺のことを好きでいてくれた？

最後の夜、別れ際に抱き締めてくれた時は？

俺は好きだったよ。

もう一度時間を巻き戻せるならあの時まで戻りたいと思うほど。

三上さんの様子がおかしいと思っていながら見送ってしまった夜を、ずっと後悔していたんだ。あなたが驚くほど長い間。

何があったのか、自分に話してくれないか。

俺は三上さんが好きだから、気になるのだ、と言えばよかったと。

でも、時間が巻き戻っても、俺が飛沢の息子であることは変わらないからダメだな。

あなたはきっと何も言わず姿を消すか、俺に近づかないことが俺を苦しめることになると知って離れただろう。

この道しかなかった。

いくら戻ってやり直しても、きっと俺達の恋が結ばれる方法はこれしかなかった。

たとえ、正しい道ではなくとも。

ぬかるみ、曲がりくねった道だったとしても、俺達には、少なくとも俺にはこれしかあなたを手に入れる方法はなかったのだ。

『一水が好きだよ。愛している』

『好きだから側にいて欲しい、他の男に渡したくない』

そんな宝石のような言葉を失ってでも、傷だらけの手を放してあげることができなかった。

だから、もうこの恋の『もしも』は考えてはいけない。

恋は、手に入れたのだから。

どんな形であっても…。


深海に引きずりこまれるように意識を失ってしまったから、最後に三上さんがちゃんとイけたのかどうかも確かめなかった。

繋がったままだったのに。

だるくて、喉が痛くて、渇いて、目を開ける。

俺は俯せたまま、ベッドの中に横たわっていた。

ゆっくりと身体を起こすと、下半身に痛みが走る。

慣れていても、昨日は激しかったから。

いつもと違うのは、自分の身体が綺麗に清められていることだった。

大きな、多分三上さんのものであろうシャツも着せられていた。新しい匂いのする清潔なシャツが。

ベッドでは、三上さんが眠っていた。

零れた前髪が額にかかり、やつれたように見える。

苦しんだでしょう?

そしてこれからも苦しむでしょう。

でも俺はあなたを嫌いになってあげられない。

「…水」

喉の渇きを癒すために、彼を起こさないようにそっとベッドから下りる。

足元はおぼつかなくて、壁によりかかりながらゆっくりと歩いて部屋を出た。

中で出されたのに、零れてくる感じがないということは、そちらもちゃんとされたんだろう。覚えていないけれど。

意識のない自分が彼にどんなふうに扱われたかと思うと恥ずかしかった。こんな自分でも。

リビングを抜けて行こうとした時、視線があの写真立てに向く。

だが写真よりも前に俺の目を止めたのは、テーブルの上に揃えて置かれていた物だった。

『飛沢インダストリアル詐欺?』『特許は他人のもの』『自殺者も』

センセーショナルな見出しのついた新聞や雑誌。

俺は思わずテーブルに近づき、それを手に取った。

三上さんが原告団の代表となって、自分達の特許が奪われたという窃盗罪で父さんを訴えたこと。

証拠が揃っていたため、警察が動き出したこと。

警察に捕まり、車に乗せられてゆく父さんの写真。

時系列に従って、上から順に並べてある。

一番下の新聞の日付は一昨日のもので、一審で父さんの罪が確定したが、上告することになったと伝えるものだった。

隣に置かれた雑誌は、もっと詳しい記事が載っていた。

新堀が言っていたように、三上さんの過去も書かれている。

『飛沢には個人所有の財産もあり、その額は数十億とも言われている。原告団がそこに目をつけないわけはない。彼等の利益を搾取して築いた蓄財だと証明されれば、飛沢はその全てを吐き出さざるを得ないだろう』

当然のことだ。

俺は知っている、聞かされていたから。

飛沢の会社が持つ特許料が、我が家の財の源なのだと。つまりそれは三上さん達のものだということだ。

雑誌は、俺のことにも触れていた。

『気掛かりなのは、飛沢の一人息子の行方だ。三上氏の訴えが起こされる前日に友人と会っていたのを最後に完全に姿を消している。父親がどこかに逃がしたという説が有力であり、事情を訊くために警察も彼の行方を捜している』

『前日に会っていた友人Aは海外旅行に行ったのではないかと語ったが、出国の様子はないもよう』

友人Aか…。

岡本《おかもと》か、田中《たなか》か。

それとも大学で会っていた他の誰かか。

おかしなものだ。

自分が知らない間に、世界がこんなにも騒がしくなっているなんて。

他にも自称友人の談話が載っていたが、大半は俺が父親のしていたことを知っていたと思うと話していた。

知っていたから、自主的に身を隠したのだろう、と。

自由になる金もあったから、逃げられるはずだ、と。

「まるで俺が犯罪者だな…」

もし三上さんが俺を閉じ込めていなかったら、新堀が言った通り、俺はこういう連中に追い回されていたわけだ。

『お父さんのことをどう思いますか？』

『被害者の方々に言いたいことは？』

『損害賠償や会社のこれからはどうするつもりですか？』

俺が何かを知っているはずだと、彼等の満足する『新事実』が出て来るまで。

そして彼等の目がある限り俺は三上さんに近づくこともできないだろう。

被害原告団のリーダーと、犯罪者の息子だから。

もう十分だと、積まれた雑誌の下の方はもう目を通さなかった。

どうせ同じようなことが書いてあるだけだ。

雑誌の隣にこれみよがしに置かれていたリモコンにも手を伸ばさなかった。

目の前に置かれたテレビを点ければ、どこかでまだこのニュースを扱っているかもしれないけれど、興味はなかった。

だが一緒に置かれていた携帯電話は手に取った。

俺のだ。

電源を入れてチェックすると、着信の履歴も、受信メールも許容量いっぱいに入っていた。

名前の登録してある友人達からのものもあったが、その殆《ほとん》どが見知らぬ番号やアドレスのものだった。

これはマスコミなのかな?

友人のものだけは後で読もうと思ったが、今は再び電源を落とした。

「あとは財布と、洋服か」

ご丁寧に、俺が最初の日着ていたものと、夏らしい袖の短い服と、両方揃えられている。

財布の中身には金が足されていた。

「ふ…っ」

俺が寝入ってしまってから、彼はこれを揃えたのだ。

いや、新聞や雑誌の量からして、いつかこういう日のために準備していたのだろう。

全て教えてやる。その上でお前はどうするのか、と。

ここは彼の自宅だから、鍵の開かない扉などない。

内側からはいつでも自由に出て行けるだろう。

俺はもう一度携帯電話を手に取った。

「どこへ掛ける?」

声に振り向くと、いつの間に起きたのか、ベッドルームの戸口に寄りかかるように三上さんが立っていた。

素肌にガウンを纏《まと》い、乱れた前髪もそのままで。
緩く腕組みをして、俺を見下ろしていた。
「どこにも」
俺は携帯電話を開いて操作をした。
彼はそれを止めなかった。
だが電話を開いたのは、誰かに連絡するためではない。
他に何もいらない、全てと引き換えにすると誓ったのだから、もう友人もいらない。
履歴も、アドレス帳も、全て削除し、再びテーブルの上に戻す。
それから彼を無視して部屋の中を歩き回り、あるものを捜した。
三上さんはその間ずっと同じポーズで立っていた。
俺が出て行くことを望んでいるのか、試しているのか…。
ここで俺が出て行けば、彼は少しは楽になれるだろうか?
でも俺はキッチンで水を飲み、目的のものを見つけると、彼の元へ戻った。
「はい」
差し出すと、手の中でチャラ…っと音がする。
「付けて」

それは、ずっと俺の脚に付けられていた足枷だった。
三上さんは無表情のままそれを手に取ると、俺の足元に跪《ひざまず》いた。
ああ、この姿はまるで姫にかしずく騎士のようだ。
俺は、どこにも行かない。
この部屋から出て行かない。
彼を見下ろしながら誓った。
カチリと輪が嵌《は》まる音に安堵の笑みすら浮かぶ。
立ち上がった彼は、何も言わなかった。
逃げないのかとも訊かなかった。
後悔しないのかとも問わなかった。
ただ俺を抱き締めてキスをした。
呑み込んだ言葉の代わりに。
俺は彼の首にぶらさがるように腕を回してそれに応えた。
「私が仕事に行く間、お前はここを出ることを許さない」
口づけながら、命令が下る。
「新しくお前の部屋を用意してやる。そこから絶対に逃がさない」

誓いの言葉のように。

「…はい」

俺はここにいる。

いつかあなたが贖罪《しょくざい》の気持ちを薄れさせて俺と恋愛ができるようになるまで。

一生愛を語ることができなかったとしても。

俺があなたを囚えていることを忘れないで、ずっと。

三上さんが好きだから…。

モノローグ

地獄だ、と思った。

前日まで、いや、その日の朝までは、いつもと同じ日々だった。

希望の大学に受かり、友人達とした小旅行は、いつもより楽しい日々だったとも言える。

だが、その楽しい時間を終えて自宅へ戻ると、待っていたのは地獄だった。

誰もいない家。

何とも言えない臭気がこもった空気。

何も知らず、自分はいるはずの両親を捜して家の中へ入った。

家は、小さな工場と隣り合わせだったから、臭いの元を辿《たど》って自宅から裏手の工場へと向かった。

嫌な予感はあったのだ。

けれど、『そんなこと』が起こるなんて、考えられなかった。

だが…、現実は工場の天井からぶら下がっていた。

シャッターの下りた工場は薄暗く、天井から下がったものが何なのかすぐには気づかなかった。暗がりに目が慣れて、それが父と母の変わり果てた姿だと理解した時、私は悲鳴を上げるより先に吐いた。

臭いと、現実の衝撃とに打ちのめされ、涙を流しながら吐いた。

自分の吐瀉物《としゃぶつ》が、近くに溜《た》まっていた、両親の身体から絞り出された汚物に塗《まみ》れて。

「三上《みかみ》さん、借金があったらしいよ」

死んでいるとわかっているのに、電話したのは一一九番だった。

「工場や家を売ってもダメだって?」

救急車がやって来て、すぐに警官が現れ、警察から親戚《しんせき》に連絡が行った。

「何だか新しい事業をやるとか言ってたらしいけど。欲をかいたんだな」

父方の伯父夫婦がやってきて、すぐに葬儀の手配をしてくれたが、記憶はなかった。

「息子さんがいただろう、哲也《てつや》くん。まだ学生なんじゃないか?」

気が付けば、黒い影が自分を取り巻き、勝手なことばかりを並べ立てていた。

「兄さん、引き取ってよ」

「困るよ、うちだって子供がいるんだから。良子《よしこ》が引き取ってやれよ」

人々の声が、頭上を過ぎてゆく。

親戚であったはずの人達が、ついこの間まで優しく微笑《ほほえ》んでくれていた人達が、愛想笑いを浮かべ距離を置く。

人が、簡単に変わるものだというのをその時に知った。

まだ未成年だった自分には何もできず、ただ工場が、家が売られてゆくのを見ているだけしかできなかった。

「家の中の荷物は、取り敢《あ》えず倉庫に預けたから、後でゆっくりと処理しなさい。伯父さんのところへ来ても、大学へは行かせてやれないんだ。暫《しばら》くのホテル代は出してあげるから、これからどうするか考えるんだよ」

それを優しさと取るか、突き放しと取るか、それすら理解できなかった。

気が付けば、父の会社によく顔を出していた取引先の飛沢《とびさわ》さんが、黒塗りの車のドアを開けて、私を待っていた。

どこへ行くのか、はっきりと理解せずに乗ったその車で、私は飛沢の家に連れて行かれたのだ。

そこは、三上の家とは比べ物にならないほど大きな屋敷だった。

大きくて、綺麗《きれい》で、豪華で、より現実感を失わせる家だった。

「一水《かずみ》、こちらは三上哲也くんだ。ご両親が亡くなって、暫くうちで預かることになったから、仲良くしなさい」

そんな言葉で紹介された、利発そうな目をした小さな子供。

「二階の客間、わかるな？　あそこへ案内するんだ」

と飛沢さんが言うと、少年は「はい」と頷《うなず》いた。

「哲也くんも、こんなおじさんと一緒にいるより、息子の案内の方がいいだろう。私は会社に戻るが、夕飯まで、少しゆっくりしなさい」

頭の片隅で、飛沢さんが父親との付き合いがあるから、君の面倒を見てもいいと言ってくれたことは覚えていた。大学にも行かせてやる、お金はうちの会社に入ってから働いて返してくれればいいと言ったのも。

でもそれも夢だと言われればそうなのかもと思ってしまうような出来事だった。

両親の遺体を発見してから、ずっと自分は夢の中にいる。

現実を認めない。

両親の死を、夢にしたいから。全《すべ》てを夢の中に押し込めていた。

「こちらへどうぞ。案内します」

少し舌足らずの声で、一水と紹介された子供が私の手を握るまでは。

柔らかく熱いほど温かい手。

生きていることを実感させる体温。

少年に案内された部屋で、その身体を膝《ひざ》の上に乗せると、全身から鼓動が聞こえた。

「……温かい」

生きている。

生きている。

自分も、この少年も。

葬儀の時に触れた、ドライアイスに冷やされた遺体とは違う。生きているからこそその温かさに、涙が零《こぼ》れそうだった。

事実は変えられない。

けれど、その事実の中に、自分はまだ生きているという実感が、初めて感じられた。

どのような絶望が両親を襲ったかはわからないが、二人は自分を遺してくれた。私には生きろと言ってくれたのだ。

そのことに対する感謝と、遺された悲しみを実感した。

だが、自分を悪夢から呼び戻してくれたその少年とは、すぐに別れてしまった。私は大学へ通うため、すぐに飛沢の家を出てしまったから。

大学へ通っている時は、一度も会わなかった。勉学に励むことが、自分に新たな生を与えてくれた飛沢への恩返しだと思っていたので、他の全てを排除した。

なので友人もあまり作らなかった。

けれど、大学を卒業し、飛沢の会社へ入る時、私は再びあの家に住むことになった。飛沢社長の秘書となるべく、社長の側《そば》へ。

そこで再び一水と出会った時、私は彼が自分にとって特別なのだと気づいた。

一水を見ると、あの時の生きるという実感が全身に蘇《よみがえ》る。

彼が、笑っているとほっとする。

怒っていても、泣いていても、ほっとする。

自分にとっての『生』の象徴である彼が、生きて、感情があることを確認する度、何不自由ない生活を謳歌《おうか》しているのを確認する度、胸が温かくなった。

その頃には、自分でも気づいていた。両親の死を目の当たりにして、私は心のどこかが凍ってしまったのだと。

優しく微笑むこともできる。愛想を振り撒《ま》くこともできる。けれど、心の底から湧《わ》き上がるものがない。思わず零れる笑みも、堪《こら》え切れずに涙することもない。

なのに、彼を、一水を見ている時だけはほっとして、心に血が通う気がした。

小賢《こざか》しさを見せず、正直に、まっとうに生きている彼が、眩《まぶ》しいほどに大切な宝物だった。

彼には、人生の苦しみも知らず笑っていて欲しい。

平凡でも幸福な生涯を送って欲しい。

それは心からの願いだった。

あの頃は、それがただ一つの真実だった。

自分がその幸福を与えてやれればいいのにと思ったのは、彼のほっそりとした手足が、少年特有の無垢《むく》な色気を放つことに気づいた時だ。

あの白い肌に触れて、血が通う温かさを自分だけのものにしたい。

拗《す》ねる顔も、笑った顔も、怒った顔も、自分だけに向けて欲しい。

だが、それを望むにはまだ一水は幼かった。

いつか…。

いつか、彼が大人になった時。それでも自分の心が変わることがなかったら、自分にはお前が必要なのだと打ち明けてみようか？

同性であっても、彼が自分に向けてくれている思慕は感じていたから、それが恋愛に変わる可能性はあるから、『いつか』を期待してみたかった。

夢で終わるとしても、その『いつか』を待ち望むことが、自分の生きている意味のような気がした。

けれど運命はいつも私にだけ苛酷《かこく》だ。

飛沢に恩を感じ、一水に愛を感じていた私に突き付けられたのは、両親の死の原因が飛沢にあるという事実だった。

会社で見つけた書類から、微《かす》かに湧いた疑惑。

父の考案したネジの特許を、あの男が奪っていた。

信じられなくて、会社の書類を片端から調べた。倉庫に預けたままの荷物を引っ繰り返して、自分の疑惑を否定する証拠を見つけようとした。

だが、調べれば調べるほど、疑惑は真実となった。

飛沢を信じた父が、自分の考案したネジの特許申請を飛沢に依頼し、全てを横取りされた。

しかも架空発注の仕事で、仕入れの借金を作らせた上での背信。

信じていた者に裏切られ、返せない借金を負わされ、両親は死を選んだ。死にたいなんて、一度も口にしたことのない二人が。

飛沢の家で、何も知らずに生活していた時ですら、何度も両親の死の夢を見た。遺体を発見したあの時のことを、視覚も、嗅覚《きゅうかく》も、触覚も、生々しく再現する夢を。

忘れたことなどなかった。

心の半分を、闇《やみ》に塗りつぶしたような記憶だった。

あの惨劇を引き起こしたのはお前か。

お前が私の、私の家族の、全てを崩壊させたのか。

いつまでも続く穏やかな日々を私から奪ったのはお前なのか。

飛沢に対する感謝はそのまま恨みと憎しみへ変わった。

と、同時に、一水への気持ちは私を苦しめた。

一水は関係ない。

わかっていても、彼に対する気持ちをそのままにすることは、苦しんで亡くなった両親を裏切ることになるのではないだろうか？

両親を殺した男の息子に、幸福な人生を願うのは、両親の死を無意味なものにしてしまうのではないだろうか？

悩み、苦しみ、私は彼の手を放すことに決めた。

決めるしかなかった。

全てを捨てて飛沢の家を出、一水と別れ、大学時代の友人のツテを頼んで一人仕事を始めた。

飛沢の下で働いた間に身につけたスキルが、私の生活を支えてくれることになったのは、皮肉だったが…。

飛沢の悪事を暴く。

ただそれだけが、私の生きる理由だった。

それなのに…、思い出すのは一水のことばかり。

彼はどうしているだろう。

まだ笑っているだろうか？

父親の非道を知ってしまっただろうか？　知らなければ、知った時にどうするだろうか？

証拠を固め、飛沢を糾弾する準備をしながら、一水のことだけが気掛かりだった。

もしも自分のやろうとしていることが実現されれば、一水は犯罪者の息子となる。それまでの生活の全てを失うことになるだろう。

人々は彼を持て余し、蔑《さげす》み、金銭的にも追い詰められることは必須《ひっす》だ。

自分があの葬儀の席で感じたのと同じような苦しみが、彼の上に降り注ぐのだ。そしてそれを与えるのは、外ならぬ自分なのだ。

彼を幸福にしてやりたかった。

彼を手に入れたかった。

彼を愛していた。

生きていて欲しかったが、もしかしたら絶望に打ちのめされて自ら死を選んでしまうかもしれない。

それは恐怖だ。

自分に『生きる』ということを教えてくれた、あの熱く柔らかい生命が途切れてしまうなんて…。

愛情が深いだけに、憎しみが深いだけに、心は歪《ゆが》み、軋《きし》み、捩《よじ》れてゆく。

独りにはさせられない。

他人が彼に触れるのならば、自分があの肌に触れたい。

他人に攻撃されるくらいならば、自分が傷付ける方がいい。

彼が欲しい。

飛沢が私から両親を奪ったのならば、私が飛沢から息子を奪ってもいいだろう。

そして私は心を決めたのだ。

彼を手に入れることを…。

誘拐は、この手で行った。

誰かに依頼するなんて、微塵《みじん》も考えなかった。

自分が声を掛け、薬品で眠らせ、予《あらかじ》め用意していた部屋へ、彼を運んだ。

薬のせいで穏やかに眠る一水の寝顔を見ていると、本当にこれでよかったのかという迷いと、これで彼が自分だけのものになったという満足感がせめぎ合う。

彼に、自分は一体何をしようというのか。

一水と離れている間の長い懊悩《おうのう》。

苦しくて、悲しくて、虚《うつ》ろで、答えの出なかった時間。

最初は、名残《なごり》だった。

捨てたものへの未練だった。

それから、彼の身を心配し、彼が自分以外の人間と楽しく暮らしているであろうことに嫉妬《しっと》し、憧《あこが》れて望み、やがてこの苦しみに気づかないことを恨んだ。

様々な感情が凝縮され、最後に残ったものは深い愛情と、抑え切れない欲望と、理不尽な恨み。

一水。

私は決してお前に愛を囁《ささや》かない。

この身体に刻まれた父母の無念と、己の苦しみが癒《い》える日が来るまで。

私は決してお前を見棄《みす》てない。

この胸に消えることのない愛情がある限り。

だからこの方法しかないのだ。

お前を愛し、自分のものにし、世間の攻撃から守り、両親の恨みを果たす。その矛盾した感情の全てを叶《かな》える方法は。

眠る彼に首輪を付け、足枷《あしかせ》を嵌《は》める。

そっと布団をかけ、目覚めるまで隣室で待った。

やがて一水が目覚め助けを呼ぶ。

私の姿を見て、彼はすぐに名前を呼んでくれて、安堵《あんど》の表情を浮かべた。

忘れてはいなかったか。

覚えていてくれたか。

まだ私を想ってくれていたか。

その信頼と好意が、私の復讐《ふくしゅう》の糧《かて》になる。

「私が犯人なんですよ。あなたをここに連れて来た」

と言っても、彼は俄《にわか》には信じられないようだった。

「最悪だと思え」

私の愚行を受け入れられないほどの信頼に、喜びが湧く。

「死にたいと思え」

彼に信じていたものに裏切られる苦しみを与えることで、一水に手を伸ばすことを両親に許してもらおうとしている。

大切にしたかった。

好きなのだと、愛しているのだと言って、彼にこの気持ちを受け入れてもらって、それから触れたい身体だった。

だが現実は何も告げず、暴力的に彼を犯す。

性的な快感に慣れていない身体に快楽を与え、信じる心に屈辱を与える。

服を脱がせ、性器に触れ、その身体を求めた。

半分は愛欲で、半分は暴力で。

一水は何もわからず、『いや』と繰り返して僅《わず》かな抵抗を示した。けれど拘束され、現状を把握できない彼には、逃れる術《すべ》はなく、私を受け入れることしかできなかった。

お前には、この苦しさはわからないだろう。

だがそれでいい。

お前は何も知らなくていい。

私も何も言わない。

二人の間にある深い溝を、越える術がないから。

一水の身体を手に入れ、彼の愛情を手に入れる可能性を捨てる。

両親の恨みを晴らし、仇《かたき》の息子に快楽を与えて世間から守る。

願いを一つ叶え、大切なものを一つ捨てる。これが私の出した答えだった。

生涯この恋が叶わなくなると覚悟して、選んだ道だった。


会社で仕事をし、訴えた飛沢との裁判に出て、マスコミを焚《た》き付け、マンションに戻って一水を抱く。

狂気じみたサーキットに乗り、同じ日々を繰り返す。

一水は、不思議なほどおとなしかった。

もっと泣き喚《わめ》いて暴れるかと思っていたのに。

逃げる努力もしなかった。

どんなに酷《ひど》くしても、優しい言葉の一つもかけなくても、いつもそこにいた。

逃げられないように万全を期して用意した部屋なのだから、逃げないのは当然なのだが、私を非難したりせず、運命を受け入れるようなその姿は、私を待っていてくれるような気にさえさせた。

一水がいなければ、私はきっと飛沢を殺してやりたいと思っただろう。

自ら手を下して、あの男を死に追いやっただろう。

進んでいく裁判の中でも、己の保身に終始し、何かの誤解だと言い切るさまは、何度となく私を怒り狂わせた。

お前が自分の蓄財のためにしたことで、何人の人間が苦しんだと思うのか。その苦しみを自分の身で感じてみろ。

あの世へ行って、全員に土下座して謝れ、と。

けれど戻ると、一水がいるから、その殺意を抑えることができた。

静かに状況に耐えている彼の姿を見ると、彼の父親を抹殺してはいけない、法を犯してはいけないと思い止まらせた。

いつも…、彼が私をこの世界に引き留める。

彼を逃がすために、第三者を介入させもした。

秘書の新堀《しんぼり》を、一水の元へ差し向けたのだ。

私の非道を打ち明け、逃がしてくれと頭を下げればいい。一水にしたことを思えば、今度は彼が私を糾弾する権利がある。

だが、それすらも、一水は利用しなかった。

何も言わず、まるで私の刃が振り下ろされるのを待っているかのように、ずっとその部屋に居続けた。

だから、マスコミの目が彼に向くと知った時、私は悩んだ末に自分のマンションへ彼を呼びよせた。

自分では迎えに行かず、それも新堀にさせた。

私が動けばマスコミの目を引くだろうということもあったが、それは彼に与える最後のチャンスだった。

逃げろ。

逃げてくれ。

もういい、お前はもう十分に罰を受けた。

これ以上側にいられると、私はあらぬ期待を抱いてしまう。

もしかして…。

もしかして、お前がこの状況を望んでいるのではないか、と。

それは性的な快楽に溺《おぼ》れているという意味ではない。何度抱いても、彼はセックスに対して慣れないままだったから。それ以外の、もっと根本的なこと。お前が、私の側にいることを望んでいるのではないか、ということだ。

つまり、お前も私に恋愛感情を抱いていたのではないかということだ。

そんなくだらない希望を、いっそ粉々に砕いて欲しかった。

なのに…、彼は来た。

そこでやっと、私は気が付いた。

一水も、私を愛してくれていたのだ。

彼が私の理不尽な暴力に耐えていたのは、私を愛するが故《ゆえ》だったのだ。そしてそのことを一言も言わなかったのは、私の立場を察してくれているからなのだと。

しかも彼は、こんな状況にあって尚《なお》、私のことを気遣ってくれていた。

「俺が三上さんのところにいると、あなたの立場が悪くなるんじゃないの？」

優しい一水。

「ただ、俺を痛め付けることで、三上さんが過去を忘れられなくなるんじゃないかと…。忘れた方がいいのに、俺がいるから…」

愛しい一水。

「でも、三上さんにはもう新しい生活があるじゃない。俺なんかいない方がいい。俺が憎いなら、俺を苦しめる役は他の人に任せた方がいいんだ…」

どうしてお前を手放すことができるだろう。

わかっている。

お前を拉致《らち》し、あの部屋に閉じ込めた時から、囚われていたのは自分だったのだと。

両親の死に関係のないお前を、自由にするべきだった。罰ならば、社会的地位を失うことで十分だったはずだ。

なのに連れて来て、快楽という暴力を与え続けていたのは、自分のためだ。

自分が、お前を手放さず、それでも両親に顔向けできるようにしたかっただけだ。

「一水を、…好き『だった』」

過去形にして、初めて口にできる気持ち。

今も変わらないのに。

「お前を自由にして、他人に渡すこともできない。他の誰かと幸福になる一水など許せない。かと言って世間の嬲《なぶ》りものにすることもできなかった。私にできることは、お前を手元に置き、束縛することだけだ」

言葉を飾り、お前を欲しいと願う気持ちだけを正直に口にする。

「溢《あふ》れるほどの憎しみで、お前を堕《お》としてやる。お前は欲望のためだけに私に抱かれるんだ。他の誰にも渡さない。私はお前を愛せない。なのにお前は私で快楽を得るんだ。それがお前の苦しみになるんだ」

これが、愛の言葉だと、お前は気づくだろうか？
今の私に許された、唯一の告白だと。
一水は、濡《ぬ》れた瞳で私を見つめた。
そして『被害者』になってくれた。
恋人にはできない。
恋人にはなれない。
だから、暴行する者とされる者として身体を繋《つな》ぐ。
抱き合っていることに変わりはないから。
初めて口づけて、彼の舌を味わった。
抵抗を口にしながら私を受け入れる身体を、存分に味わった。
『愛している。だから苦しんだ』
『わかってます。だから全てを受け入れた』
『この先も、私はお前を愛しているとは言えない』
『それでも、あなたの側から離れたくない。どんな目にあわされても』
声にはならない言葉が、二人の間に交わされる。
その喜びに心が震える。

これを幸福と呼ぶのは誤りかもしれない。だが私にとっては至福の時だった。

ずっと…、ずっと、愛し、欲していた者をこの腕に抱いているのだから。望まれて、身体を重ねることができるのだから。

どんな苦しみも、この一時のために犠牲にしても悔いはないと思った。

「三上さん…」

甘く自分の名を呼んでくれる一水のために、心の葛藤《かっとう》も、苦悩も、受け入れられた。

大袈裟《おおげさ》ではなく、この瞬間に死んでもいいと思った。

恋のために、全て投げ出してもよかった。

未来すらも…。

私の欲望に呑《の》まれてぐったりと意識を失う一水を眺め、彼を解放する覚悟を決めた。

彼の身体を綺麗に拭《ぬぐ》い清め、彼に示してやるべきもの、飛沢のことを報じる雑誌や新聞等を全てリビングテーブルの上に揃《そろ》える。

彼から奪った財布や携帯電話も用意してから、彼の隣で目を閉じた。

一水が目を覚まし、ベッドから下りてリビングへ向かえば、それ等が目に入るだろう。

手に取り、記事に目を通す。

父親の置かれた状況を知れば、彼は父親の助けとなるために出て行くだろう。それが当然のことだ。

彼の愛情は受け取った。

これ以上を望んではいけない。

一水の本当の望みを叶《かな》えてやろう。

出て行くのならば出て行かせる。

けれども…。

浅い眠りの中、ベッドの軋みを感じて目を覚ます。

目は開かず、彼が出て行くのを確認する。

永遠のように長い時間。

葛藤はしてくれるか?

少しは心残りを感じているか?

それとも、開いた扉の向こうの世界に思いを馳《は》せ、家族の元へ戻るか?

たっぷりと時間をとってから、私は身体を起こした。

全身に感じる疲労感。

しがみついてきた彼の爪の痕《あと》を隠すようにガウンを羽織り、隣室への扉を開ける。

果たして、一水はまだそこにいた。

丁度《ちょうど》、携帯電話に手を伸ばしたところだった。

「どこへ掛ける？」

声をかけると、彼はすぐに振り向いた。

「どこにも」

答えながら携帯電話を操作する。

けれどそれは誰かに連絡を取るためのものではなかったようだ。画面だけを確認し、すぐにテーブルへ戻してしまった。

黙ったまま部屋を出て行く。

キッチンで水を使う音がする。

行かないでくれと願いながらも、引き留めたい気持ちを抑える。

一水は、戻って来た。

唇が濡れているところを見ると、水でも飲んできたのだろう。

その唇から別れの言葉が零れるのを待っていると、彼は片付けていた足枷を手に、私に近づいた。

「はい」

彼をずっと私の元に繋ぎ止めていた足枷を差し出し、妖艶《ようえん》な笑みを浮かべる。

「付けて」

私はそれを受け取ると、無言のまま彼の足元に跪《ひざまず》いた。

残るのか。私とともに過ごすことを選んだのか。

お前に愛情を与えることはできないというのに、それでも私の気持ちを受け入れてくれるというのか。

…ならば、どこまでも行こう。

私はこれからもお前を愛し、憎む。

お前は私を拒み、愛せ。

「私が仕事に行く間、お前はここを出ることを許さない」

無垢《むく》だった一水を、妖艶にしたのは自分だ。

「新しくお前の部屋を用意してやる。そこから絶対に逃がさない」

それを喜びとして、私は彼に足枷をつけた。

「…はい」

お前がこれから先の時間の全てを私に差し出すと言うなら、私は平凡な恋愛と引き換えに、お前に全てを与えることを誓ってやる。

飛沢の会社の者の行く先が気になるのなら、就職を斡旋してやろう。

欲しいものがあるのなら、何でも買い与えよう。

知りたいことは何でも教える。友人の動向も、飛沢の裁判の行方《ゆくえ》も。

私が欲しければ、私の全てを。

『愛している』という言葉以外は何でも。

「料理を覚えろ。私のために」

閉ざされたこの小さな世界で、歪《いびつ》な恋愛が始まる。

「私の会社のことも覚えて、私の助けになれ」

相手の真実を知りながら、滑稽《こっけい》な芝居のように本心を隠して。互いの全てを犠牲にして。

「お前を外に出すつもりはないから、大学は諦《あきら》めろ。私以外の人間も捨てろ」

いつか私の狂気が癒えるまで。

「何でも、三上さんの望むように」

いつか、この愛情が他の全てを凌駕《りょうが》してしまう、その日まで…。

あとがき

皆様初めまして、もしくはお久しぶりでございます。火崎勇《ひざきゆう》です。

この度は「足枷」をお手に取っていただき、ありがとうございます。

そして、イラストのCiel《シエル》様、素敵なイラスト、ありがとうございます。担当のT様、ありがとうございました。


さて今回の話、いかがでしたでしょうか?

なかなか好き嫌いの別れる話かなぁ、と心配しています。

相思相愛の恋愛ものですが、互いに相手に絶対に「好き」と言ってはいけない。その言葉が伝わっていることを知っていながら、そんなことはないという芝居を続けなければならない。

そんな三上と一水です。もちろん、これで最高に幸福だと言えるわけではないのですが、彼等にとってはこれもまた一つの幸福なのです。

そんな二人がこれからどうなるか…。

取り敢えず、世間の波がおさまるまでは、一水は軟禁生活です。それは一水を守るためでもあるのですから。そして、「俺のために働け」という大義名分を用意して、いつか彼は三上の片腕になるでしょう。

その頃には三上の心も少し落ち着いて、時折恋人らしいことをしたり、優しくしてくれるかも。でも「愛してる」とは言わないけど。

事情を知らない第三者が「飛沢くんを助けたいんだ」とか何とか言って、一水にちょっかい出してきても、三上は「これは私のだ、こいつは私に償うべき罪がある。一水は一生私に奉仕するんだ」と言って全力で闘う。

で、その男が、彼を自由にしろとか何とか言っても、どんなことをしても、その人が「愛してる」と言っても、一水は三上のところに戻ってしまう。

それなのに、二人ともお互いには「愛してる」は言わない。

三上が何時、どんな状況で一水に「愛してる」と言うか。それは皆様想像して楽しんでくださいませ。

案外寝言で言っちゃったりして…（笑）。それも可愛くていいか。

それでは、そろそろ時間となりました。また会う日を楽しみに。御機嫌よう。

この本を読んでのご意見、ご感想を編集部までお寄せください。

《あて先》〒105－8055　東京都港区芝大門2－2－1　徳間書店　キャラ編集部気付
「足枷」係

■初出一覧

足枷……書き下ろし
モノローグ……書き下ろし

Chara

足枷

キャラ文庫

2012年8月31日 初刷

著者 火崎勇
発行者 川田修
発行所 株式会社徳間書店
〒105-8055 東京都港区芝大門2-2-1
電話048-451-5960(販売部)
03-5403-4348(編集部)
振替00140-0-44392

印刷・製本 株式会社廣済堂
カバー・口絵
デザイン 手代木絹子

ISBN978-4-19-900681-4

好評発売中

火崎 勇の本

【刑事と花束】

イラスト◆夏珂

刑事と花束
火崎 勇
イラスト◆夏珂
犬みたいに甘える顔して
おまえはとんだ狼だな。

祖父から受け継いだ花屋を営む小日向《こひなた》。ある日、近所で殺人事件が発生!! 捜査に訪れたのは、刑事の相澤《あいざわ》だ。下から睨み上げるような勝ち気な眼差しに、小日向は一目惚れ♥ しかも「店内で張り込ませてほしい」と言われ、捜査に協力することに！ 可愛い外見とは裏腹に正義感の強い相澤だが、捜査は難航。そんな中、第二の犠牲者が発見され…!? 大型ワンコ×ツンデレ美人の恋の駆け引き♥

好評発売中

火崎 勇の本

【満月の狼】

イラスト◆有馬かつみ

剛腕なヤクザは、世を忍ぶ仮の姿――その正体は狼男!?　極道・蒼虎会《そうこかい》の次期組長候補である鬼迫《おにさこ》が一目惚れしたのは、白皙の美貌を持つ謎の男・小鳥遊《たかなし》だ。綺麗な顔に、爪と牙を隠している――鬼迫は本能的に「この獲物を食いたい」と渇望する。ところがある日、鬼迫に殺人容疑が!!　捜査に訪れた刑事は、なんと小鳥遊で…？　狩るか狩られるか!?　プライドを賭けた勝負が今、始まる!!

好評発売中

火崎 勇の本【牙を剥く男】

イラスト◆汞りょう

牙を剥く男
火崎 勇
イラスト◆汞りょう
ヤクザがどんなものか知ってるだろ？
何をされても文句は言えないはずだ
You Hizaki Presents
キャラ文庫

ヤクザが仕切る高級クラブで、ボーイとして働く信《しん》。そんな信を口説くのが、青年実業家の海老沢《えびさわ》だ。「一目惚れした」と囁く彼は、紳士的で穏やか。ところがある日、ヤクザの抗争が勃発！ 信がケガを負った瞬間、海老沢の表情が激変!! 冷徹に敵を半殺しにしてしまう。実は海老沢は、絶大な勢力を誇る組の組長だった!? 笑顔の下に極道の血を隠した男に見初められ、運命が大きく動き出す――。

好評発売中

火崎 勇
イラスト◆皇ソラ
灰色の雨に恋の降る
あんまり無防備になるなよ
俺は節操のある人間じゃない
Yuu Hizaki Presents

火崎 勇の本
【灰色の雨に恋の降る】

イラスト◆皇ソラ

両親を自殺に追い込んだ、金融会社の社長の息子――。憎むべき相手なのに恋をしてしまったのは、幼かった自分に唯一優しくしてくれたから…。その男・加藤《かとう》は、蒼《あお》井《い》透《とおる》が働くカフェの常連客。蒼井のことは覚えていないらしいのに、来店すると真っ先に声をかけ、なぜか構ってくれる。「素性がバレれば、きっと避けられてしまう」この関係を壊したくなくて、真実を隠し続ける蒼井だけれど!?

好評発売中

火崎 勇
イラスト◆山田シロ
お届けにあがりました!
荷物がないのに配達依頼なんて、
金で俺を買うようなものじゃないか。
YOU HIZAKI PRESENTS
キャラ文庫

火崎 勇の本

【お届けにあがりました!】

イラスト◆山田シロ

十年間音信不通だった幼馴染みと仕事場でまさかの再会！　バイク便ライダーの羽守《はもり》が訪れた一流企業で、かつての親友・緒方《おがた》は社長になっていた!!　驚く羽守をよそに、緒方は連日羽守を指名!!　届ける荷物もないのに呼びつけては拘束され、ついにキレた羽守に、「怒らせても、お前との時間が欲しかった」と緒方は不遜に言い放つ。長年想い続ける緒方に執着され、戸惑うけれど嬉しくて…!?

投稿小説★大募集

『楽しい』『感動的な』『心に残る』『新しい』小説――

みなさんが本当に読みたいと思っているのは、どんな物語ですか？　みずみずしい感覚の小説をお待ちしています！

•応募きまり•

[応募資格]

商業誌に未発表のオリジナル作品であれば、制限はありません。他社でデビューしている方でもOKです。

[枚数／書式]

20字×20行で50～100枚程度。手書きは不可です。原稿は全て縦書きにして下さい。また、800字前後の粗筋紹介をつけて下さい。

[注意]

①原稿はクリップなどで右上を綴じ、各ページに通し番号を入れて下さい。また、次の事柄を１枚目に明記して下さい。
（作品タイトル、総枚数、投稿日、ペンネーム、本名、住所、電話番号、職業・学校名、年齢、投稿・受賞歴）
②原稿は返却しませんので、必要な方はコピーをとって下さい。
③締め切りは特別に定めません。採用の方にのみ、原稿到着から３ヶ月以内に編集部から連絡させていただきます。また、有望な方には編集部からの講評をお送りします。
④選考についての電話でのお問い合わせは受け付けできませんので、ご遠慮下さい。
⑤ご記入いただいた個人情報は、当企画の目的以外での利用はいたしません。

[あて先]　〒105-8055 東京都港区芝大門2-2-1
徳間書店 Chara編集部 投稿小説係

投稿イラスト★大募集

キャラ文庫を読んで、イメージが浮かんだシーンをイラストにしてお送り下さい。キャラ文庫、『Chara』『Chara Selection』『小説Chara』などで活躍してみませんか？

•応募きまり•

[応募資格]

応募資格はいっさい問いません。マンガ家＆イラストレーターとしてデビューしている方でもOKです。

[枚数／内容]

①イラストの対象となる小説は『キャラ文庫』か『Chara、Chara Selection、小説Charaにこれまで掲載された小説』に限ります。
②カラーイラスト１点、モノクロイラスト３点の合計４点。カラーは作品全体のイメージを。モノクロは背景やキャラクターの動きの分かるシーンを選ぶこと（裏にそのシーンのページ数を明記）。
③用紙サイズはＡ４以内。使用画材は自由。

[注意]

①カラーイラストの裏に、次の内容を明記して下さい。
（小説タイトル、投稿日、ペンネーム、本名、住所、電話番号、職業・学校名、年齢、投稿・受賞歴、返却の要・不要）
②原稿返却希望の方は、切手を貼った返却用封筒を同封して下さい。封筒のない原稿は編集部で処分します。返却は応募から１ヶ月前後。
③締め切りは特別に定めません。採用の方にのみ、編集部から連絡させていただきます。また、有望な方には編集部から講評をお送りします。選考結果の電話でのお問い合わせはご遠慮下さい。
④ご記入いただいた個人情報は、当企画の目的以外での利用はいたしません。

[あて先]

〒105-8055 東京都港区芝大門2-2-1
徳間書店 Chara編集部 投稿イラスト係